창룡군림 6

초판 1쇄 발행 2024년 5월 31일

지은이 ㅣ 북미혼
발행인 ㅣ 최원영
편집장 ㅣ 이호준
편집디자인 ㅣ 최은아
영업 ㅣ 김민원 조은걸

펴낸곳 ㅣ ㈜ 디앤씨미디어
등록 ㅣ 2002년 4월 25일 제20-260호
주소 ㅣ 서울시 구로구 디지털로32길 30 코오롱디지털타워빌란트 1301-1308호
전화 ㅣ 02-333-2513(대표)
팩시밀리 ㅣ 02-333-2514
E-mail ㅣ papy_dnc@dncmedia.co.kr
블로그 ㅣ blog.naver.com/gnpdl7

ISBN 979-11-364-5395-2 04810
ISBN 979-11-364-5126-2 (SET)

※ 저자와 협의하여 인지는 붙이지 않습니다.
※ 이 책은 ㈜디앤씨미디어(파피루스)가 저작권자와의 계약에 따라 발행한 것으로 본사와 저자의 허락 없이는 어떠한 형태나 수단으로도 내용을 이용할 수 없습니다.

6

북미혼 신무협 장편소설

창룡군림

PAPYRUS ORIENTAL FANTASY

PAPYRUS
파피루스

1장 ··· 7

2장 ··· 55

3장 ··· 81

4장 ··· 107

5장 ··· 131

6장 ··· 157

7장 ··· 171

8장 ··· 219

9장 ··· 257

10장 ··· 271

1장

 혈사련까지 전부 시신으로 발견되면서 천하는 발칵 뒤집혔다.

 창귀라는 명호는 어느새 무림인들에게 공포의 대상이 되어 버렸다.

 그가 공포의 존재가 된 데에는 살인의 이유를 찾을 수가 없다는 것이 매우 컸다.

 특히 백주 대낮에 수백 명의 사람들이 오가는 악양의 대로에서 벌어진 암살은 무림인들에게 악몽이 될 수밖에 없었다.

 이유도 모른 채 자신도 누구에게 당하는지도 모르고 살해당할 수 있다는 것만으로도 악몽이기 때문이었다.

당연하게도 겁에 질린 자 중에는 사파나 마도에서는 살 귀라고 부르는 자들도 많았다.

삼경이 넘어가는 시간.

한 인영이 남들의 눈을 피해 한 객잔으로 스며들었다.

[오셨습니까?]

객잔으로 들어선 인영은 전음을 듣자 멈칫했다. 자신이 들어오는 것을 이미 눈치를 챘다는 사실에 놀란 것이다.

그를 더욱 당황하게 하는 것은 전음을 보낸 자가 어디에 있는지 전혀 감지를 못하고 있다는 점이었다.

[오른쪽에 보시면 불이 켜져 있는 방이 있습니다. 그곳으로 들어오십시오.]

인영은 전음이 말한 대로 불이 켜진 방으로 들어갔다. 그러자 그의 모습이 드러났다.

뜻밖에도 그는 개방의 구룡신개였다.

그는 방 중앙에 있는 탁자에 술병과 김이 모락모락 나는 오리고기가 놓여 있는 것을 보자 의아한 표정으로 주위를 둘러보았다.

[주무시는데 갑자기 여기까지 오게 해서 죄송합니다. 거기에 놓인 음식과 술은 저의 감사한 마음의 표시입니다.]

잠을 자던 구룡신개는 갑자기 뇌를 흔드는 목소리에 눈

을 뜨고 말았다.

 그 목소리는 자신을 하남에서 개방의 제자들을 구해 준 사람이라고 소개를 했다.

 창귀와 하남에서 서찰을 운반 중이던 개방의 제자들을 구해 준 사람이 동일인일 수도 있다고 생각해 왔던 구룡신개였다.

 때문에 목소리를 듣자마자 바로 말을 걸려고 했지만 어디에 있는지를 알아낼 수가 없었다.

 그것도 잠시, 목소리는 개방과 중요한 대화를 나누고 싶다며 구룡신개를 초대했다.

 "거지들이 가장 좋아하는 것이 무엇인지를 아시는 분이로군. 그런데 언제 모습을 보여 주실거요?"

 [중요한 대화를 해야 하는데 저에 대한 선입견이 있으실지도 모르고 해서 우선 식사부터 하시며 마음을 안정시키면 그때 말씀을 드리겠습니다.]

 사실 구룡신개는 여기까지 따라오기는 했지만 함정일지도 모른다는 생각에 많이 경직되어 있었다.

 잠시 생각하던 구룡신개는 자리에 앉더니 술부터 한 잔 마시고는 오리의 다리를 뜯어 입으로 가져갔다.

 음식에 독이 있을 수도 있다는 걱정도 들 법했지만 그는 자리에 앉자 거침없이 음식을 먹기 시작했다.

거지의 문파인 개방의 제자에게 상대가 준비해 준 음식을 맛있게 먹어 주는 것이 최대의 인사이기도 했다.

구룡신개가 맛있게 음식을 다 해치우자 기다렸다는 듯이 전음이 다시 들려왔다.

[제가 노 선배님을 이곳으로 와 달라고 부탁한 이유는 개방과 친분을 가졌으면 싶은데 방법을 몰라서입니다. 노 선배님께서 그 방법을 가르쳐 주실 수 있겠습니까?]

"개방과 친분을 갖고 싶다면 총단에 배첩을 보내고 찾아와 진정성 있는 대화를 나누는 시간을 갖는 것이 가장 좋은 방법이 아니겠습니까?"

[역시, 강호의 경험이란 것을 무시할 수는 없군요. 확실히 노 선배님의 말씀이 맞는 것 같습니다. 그런데 제게 그럴 시간이 없다면 어떻게 해야 할까요?]

"방법을 묻기 전에 먼저 자신의 얼굴을 보이고 정체를 밝히는 것이 전후 관계가 맞는 것 아니겠소? 이런 식의 대화는 진정성을 느끼기 어렵군요."

[……죄송합니다. 나이도 어린 말학 후배가 이래서는 안 되는데 상황이 여의치 않아서 무례를 범하고 말았습니다.]

"얼굴을 보이는 것이 상황과 크게 연관이 있을 것 같지는 않군요."

[노 선배님의 지위 때문에 그렇습니다. 제 한 얘기를 비밀로 해 달라고 한다면 약속해 주실 수 있겠습니까?]

"최대한 비밀을 지키도록 노력은 하겠지만 오직 나만 알고 있으라고 하신다면 어렵습니다."

[그러니까요. 제 얼굴을 보신 다음에 방주님께서 저의 용모파기라도 그리라고 하시면 어떻게 되겠습니까?]

"방주님께서 왜 당신의 용모파기를 바라겠습니까?"

[요즘 저를 창귀라고 부른다고 하더군요.]

순간 구룡신개가 벌떡 일어섰다.

"차, 창귀라고 하셨소?"

[개방의 방주님께서 제 얘기를 들으면 용모파기를 그리라고 하실 만하지요?]

"당신과 만나고 싶었소."

[저를 만나고 싶었다면 이유가 있으시겠지요?]

"지금 당신이 저지른 일들이 평화롭던 무림의 안정을 깨뜨리는 일이란 것을 아시오?"

[안정을 깨뜨린다는 말은 이해됩니다. 하지만 무림이 평화로왔다는 말은 인정하기 힘들군요. 양민들이 사파와 마도, 그리고 그들의 사주를 받은 흑도파들에게 온갖 괴롭힘을 당하고 있는데 그것을 평화라고 하기는 어렵지

않겠습니까?]

 "그렇다고 지금 같은 무차별적인 살인이 정당화될 수는 없습니다."

 [악양은 정파인 제갈세가의 세력권이고 무림맹의 영향권 안에 있는 지역입니다. 그런 곳에서 인신매매가 버젓이 벌어지고 있는데 정파에서는 뭘 했습니까? 내게 죽은 자들은 모두 인신매매를 하는 놈들이었습니다.]

 "……죽은 암흑무림과 혈사련이 인신매매를 했다는 말입니까?"

 [그거야 제가 증명해 드릴 필요는 없겠지요. 그것보단 제 제의에 대해 어떻게 생각하십니까?]

 "갑자기 이런 식으로 불러 친분을 맺자고 하시니 제가 당장 뭐라고 답하기가 좀 어렵습니다."

 [친분이라고 하니까 모두 무슨 저의가 있다고 생각하시는 것 같군요. 이제부터는 친분이 아니라 조약을 맺자고 하는 것이 이해가 빠를 것 같군요.]

 "조약이라고 하면 어떤 조약을 말하시는 건지요?"

 [불가침조약이라고 해도 괜찮고 불간섭조약이라고 해도 될 것 같습니다. 제가 개방은 건드리지 않을 것이니 개방 역시 저를 건드리지 말라는 말입니다. 만약 개방에서 저의 일을 방해하거나 적의를 드러낸다면 저 역시 개

방을 적으로 삼을 수밖에 없으니까요.]

구룡신개는 지금 이 자리가 개방에게는 엄청 중요한 자리라는 것을 직감했다.

'내가 실수로 잘못 판단한다면 개방의 제자들이 저자에게 무수히 죽을 수도 있겠구나……'

심사숙고하는 표정으로 생각을 하던 구룡신개는 조심스럽게 물었다.

"본 방은 정의와 협을 중시하는 정파로서 당신이 너무 많은 사람을 죽인다면 막지 않을 수 없습니다."

이번에는 진무성의 말이 잠시 멈췄다.

그가 말을 하지 않자 구룡신개의 얼굴에는 '자신이 실수한 것은 아닌가' 하는 불안감이 보이기 시작했다.

[그럼 개방과 저는 가까이 할 수 없겠군요? 이제부터 개방에서 저를 추적하거나 방해가 된다고 판단되면 모두 죽일 수밖에 없다는 것을 말씀드립니다. 물론 저를 추적하지 않는다면 아무 일도 없을 것입니다.]

진무성의 말을 들은 구룡신개는 다급하게 말을 받았다.

"뭔가 오해를 하신 것 같은데, 제 말은 당신과 척을 지자는 의미가 아닙니다."

[제가 친분을 갖자고 한 것은 말 그대로 개방에 어려

운 일이 생기면 제가 도움을 드리고 저 역시 개방에게 도움을 청할 수 있는 사이가 되고 싶다는 것입니다. 그런데 친분이 싫다고 하시니 그럼 조약이라도 맺자고 한 것인데 그것 역시 막겠다고 하시니 그럼 남은 것은 저와 적이 되겠다는 것밖에 없지 않겠습니까?]

"제가 실수한 것 같습니다. 제 말은 정파로서 당위를 말한 것일 뿐, 본 방의 결정이 아닙니다. 실지로 그런 권한도 없고요. 제게 시간을 좀 주십시오. 그럼 방주님과 태상호법께 당신의 말을 전하고 결정이 되는 대로 연락을 드리겠습니다."

구룡신개의 목소리에는 다급함이 느껴졌다. 자신의 말 때문에 개방에 큰 우환이 드리울 수도 있다는 생각 때문이었다.

[……오늘 저와 나눈 대화는 개방의 방주님과 태상호법님 외에는 누구도 알아서는 안 됩니다. 만약 오늘의 만남이 다른 문파나 무림맹에 알려진다면 그것은 개방에서 저를 적으로 돌렸다는 신호로 받아들일 것입니다. 오늘 좋은 만남이 됐으면 했는데 아쉽군요. 이만 돌아가십시오.]

아주 차갑게 느껴지는 축객령에 구룡신개의 검미에는 고심의 내천(川) 자가 그려졌다.

하지만 더 이상 진무성의 전음은 들리지 않았다.

* * *

"당 대협께서 직접 오실 줄은 몰랐습니다."

무림맹의 무력대인 무뢰단을 이끌고 온 무뢰단주 당영을 본 제갈장청은 반갑게 미소를 띠었다.

당영은 제갈장청과 같은 배분이고 오대세가에 속하는 무림세가의 사람으로서 친분이 두터웠다.

"제갈 대협께서 오셨다는 말을 듣고 저도 최대한 빨리 왔습니다. 저희가 못 본 지 벌써 한 십 년은 된 것 같습니다."

"태태련 사태 때 마지막으로 보았으니까 십이 년 전입니다."

"하하! 어느새 강산이 변할 시간이 지났다니 시간이 정말 빨리 지나는 것 같습니다."

덕담을 몇 마디 더 나눈 둘은 자리에 앉자 황보진웅이 보고를 시작했다.

보고를 다 들은 당영은 독행개를 보며 물었다.

"분타주, 구룡 선배님도 오셨다고 들었는데 어디 가셨습니까?"

"그게……."

독행개가 곤혹스러운 듯 말을 더듬자 제갈장청도 의아한 듯 물었다.

"혹시 무슨 일이 있었습니까?"

"저도 잘 모르겠습니다. 오늘 새벽에 제게 급한 일이 생겨 총단에 다녀오겠다고만 말하시고 악양을 떠나셨습니다. 표정이 너무 심각하셔서 감히 무슨 일인지 물어볼 수도 없었습니다."

그의 말을 듣던 제갈장청의 눈에 이채가 나타났다. 구룡신개는 매우 진중한 성격을 가진 사람으로, 중차대한 임무를 띠고 악양에 온 이상, 자신에게 인사도 하지 않고 떠날 리 없었다.

더욱이 독행개가 이유도 묻기 어려울 정도로 심각한 상황이었다면……

제갈장청은 단숨에 제갈세가의 지휘부를 사로잡았던 진무성의 모습이 떠올랐다.

"좀 의아하기는 하군요."

당영도 구룡신개에 대해 잘 아는지 고개를 갸웃했다. 하지만 그것은 그것이고 지금 그에게 주어진 임무는 임무였다.

"다른 곳은 한적한 곳에서 일이 났으니 그렇다 쳐도 혈사련은 악양에 있는 객잔에서 벌어진 일이 아니오? 분명 본 맹의 맹도들도 가까이 있었을 것 같은데 아무런 단서도 없다는 것이 말이되오?"

당영의 말에 모두의 표정이 곤혹스럽게 변했다. 혈사련이 위험할 수도 있다는 판단을 내린 후, 개방과 무림맹에서는 그들이 묵는 객잔을 감시하는 명령을 내렸었다.

그리고 혈사련에 새로운 무리가 합류했다는 보고까지 받았다. 그런데 그들이 모두 죽었는데 범인은 커녕 소리조차 들은 사람이 없었다.

그와 달리 객잔 안 광경은 매우 처참했다.

누가 봐도 상당히 격렬하게 저항했다는 것을 알 수 있을 정도였다.

그런데, 밖에서 감시하던 누구도 눈치를 채지 못했다는 것은 실로 경악스러운 일일수밖에 없었다.

"죄송합니다. 현재로서는 어떻게 그럴 수 있는지조차 파악이 안 된 상태입니다."

당영은 그가 들은 것 이상으로 창귀의 능력이 뛰어나다는 것을 인정할 수밖에 없었다.

그때, 제길태운이 급히 안으로 들어왔다.

"어쩌면 단서가 될 수도 있는 상황을 발견했습니다."

모두의 시선이 그에게로 향했다.

제갈태운은 모두의 기대하는 눈을 보자 자신의 판단이 잘못이면 어쩌나 하는 그런 생각이 들었다.

"뭐하는 거냐? 빨리 말해 보거라."

제갈태운이 머뭇거리자 제갈장청이 질책하듯 독촉했다.

"삼원루의 주인이 바뀌었다고 합니다."

"그게 무슨 단서가 된다는 것이냐?"

"삼원루의 혈겁 당시 양홍이 누군가에게 납치를 당했다는 정황이 다수 발견이 되었습니다. 제가 알아본 바에 의하면 삼원루의 주인인 양홍은 그 이후 재산을 처분하기 시작했다고 합니다."

잠시 좌중을 바라본 제갈태운이 다시 입을 열었다.

"그렇다면 엄청난 액수의 돈이 오갔을 텐데 돈의 흐름이 전혀 보이지 않았습니다. 새로이 삼원루의 주인 된 자가 누구인지를 알아보면 연결고리가 발견되지 않을까 싶습니다."

"듣고 보니 타당성이 있는 것 같지 않습니까? 저는 조사를 해 볼 가치는 충분해 보이는데 제갈 대협 생각은 어떠십니까?"

당영은 제갈장청에게 의견을 물었다.

"당 대협 말씀대로 조사해 볼 가치는 있는 것 같습니다. 하지만 삼원루 사건과 창귀의 살해 방법이 다르다고 하던데 그것은 어떻게 생각하십니까?"

"전 그자가 창귀라고 생각합니다."

"그렇게 생각하시는 이유가 있으십니까?"

"그자의 살해 수법을 보면 창술만이 아니라 살수 수법에도 능한 것을 보입니다. 그렇다면 암기술도 알고 있다고 봐야 하지 않겠습니까?"

암기술의 대가인 당영은 진무성이 보인 암기술에서 특이점을 발견했었다.

"창귀와 그자가 동일인일 수 있다는 말입니까?"

"지금으로서는 처음으로 잡은 단서인데 그냥 넘길 수는 없지 않겠습니까?"

제갈장청은 잠시 생각하더니 신중하게 입을 열었다.

"전 창귀의 조사를 더 이상 하지 않았으면 합니다."

모두의 얼굴에 의아함이 나타났다. 금번 회의뿐 아니라 지난 번에도 제갈장청은 창귀의 추적을 매우 수동적으로 하면서 심지어 곳곳에서 반대 의견을 말하며 방해를 한다는 느낌을 준 것이 한두 번이 아니었다.

그런데 지금 아예 조사를 하지 말자고 하고 있었다.

"그래아 할 이유가 있습니까?"

"가주님께서 맹주님께 창귀가 일으킨 사건에 대해 의견을 보냈습니다. 전 그 맹주님의 답을 받은 후에 저희가 무엇을 할지 결정했으면 싶을 뿐입니다."

잠시 침묵이 흘렀다.

그리고 당영이 입을 열었다.

"제갈 대협께서 이러시는 이유가 있을 것이라고 봅니다. 우선 창귀에 대한 조사와 추적은 잠시 멈추도록 하겠습니다."

제갈세가가 확실하게 진무성에게 줄을 서기로 결정한 것을 알 수 있었다.

* * *

"주 영주."

"예! 주군."

"악양 주위의 감시망은 어느 정도까지 구축이 됐느냐?"

"사백여 명 정도의 낭인들이 조금이라도 수상한 자들이 들어오면 연락을 주기로 했습니다."

"하루만에 백 명을 더 끌어들이다니, 낭인들에게 대형으로 불린다더니 확실하게 뭔가를 보여 주는군."

"감사합니다!"

주성택은 진무성의 말이 칭찬이라는 것을 느끼자 기쁜

듯 고개를 숙였다.

"최대한 많이 포섭해라."

"알겠습니다."

"내가 생각을 해 봤는데 어차피 지금 천의문을 드러낼 수는 없으니 낭인방을 새로 만들어야겠다."

"낭인방이요?"

"주 영주가 부방주를 맡고 기 영주와 오 영주가 장로를 맡아서 낭인들을 지휘하는 게 좋겠다."

"그럼 방주님은 누구라고 할까요?"

"우선 누군지는 말하지 말고 매우 무서운 사람이니 배신 같은 것을 하면 안 된다고 엄포나 놔라. 혹여 말할 수밖에 없는 상황이 되면…… 그래, 창귀라고 알려라."

"알겠습니다. 그런데 여기는 구룡신개가 알고 있을 텐데 다른 곳으로 옮겨야 하지 않겠습니까?"

"개방은 신의를 가장 중요시 한다고 하더군. 그래서 진짜인지 아닌지 한 번 기다려 보는 거다."

진무성의 입가에는 노회한 무림 고수가 보일 만한 미묘한 미소가 떠올랐다.

지금의 진무성은 진무성일까, 아니면 마노야일까?

사파와 마도만을 죽이며 정파와는 최대한 연계를 하려는 모습을 보면 분명 진무성 같았다. 하나 한 번 손을 쓰면 멸살에 가깝게 모두를 죽이는 잔인함이나 행동을 하고 난 후, 즉시 다음 상황까지 계산하는 치밀함은 마노야였기 때문이었다.

심지어 예전에는 그런 자신의 모습이나 생각에 스스로 자책하고 다름에 대해 의문을 품었지만 지금의 그는 모든 것을 자신의 것인 양 그대로 받아들이고 있었다.

* * *

"성주님, 무림에 전혀 예상도 못한 변수가 나타난 것 같습니다. 혈사련과 암흑무림이 크게 당했다고 합니다."

천존마성의 군사인 독심마유는 그동안 수집한 정보를 분석한 보고서를 만겁마종에게 공손히 올렸다.

보고서를 받은 만겁마종은 천천히 종이를 넘기며 읽기 시작했다. 도열한 간부들도 긴장한 표정으로 미동도 없이 가만히 서 있었다.

보고서의 내용은 상당히 두꺼웠다.

이각쯤 지났을까……

만겁마종은 보고서를 덮었다. 그리고 독심마유를 보며 물었다.

"창귀라…… 창을 이렇게 잘쓰는 자가 무림에 누가 있

지?"

"신주창절이라 불리는 양용군이 있습니다. 하지만 창귀와 비교하면 많이 부족하다는 것이 군사부의 분석이었습니다."

"양용군의 실력으로 세 명의 대장까지 포함된 혈사련의 무력대 이백 명을 혼자 죽일 수는 없다."

그러자 한 노인이 조심스럽게 입을 열었다. 호법인 음양신마였다.

"성주님, 현재에 없다면 과거까지 살펴보는 것은 어떻겠습니까?"

"과거? 왜 생각나는 것이 있느냐?"

"마교의 일차 침공 당시 천마와 함께 구마종이 중원을 습격했습니다."

"구마종이면…… 그래 구마종 중에 창마종이 있었지."

"창마종에 대한 기록이나 구전되는 얘기가 없어 자세히는 모르지만 다른 마종들의 무공이 천마를 제외하면 이길 자가 없었다고 했습니다. 그렇다면 창마종의 창술 역시 가공할 위력을 지녔다고 볼 수 있지 않겠습니까?"

만겁마종은 잠시 생각하더니 독심마유를 쳐다보며 물었다.

"군사 생각은 어떠냐? 난 일리가 있는 말 같긴 한데?"

"창마종은 물론 구마종 전체가 천 년 전에 사라진 후 다시 나타난 적이 없습니다."

음양신마가 다시 받았다.

"천마 사후 구마종 간의 권력 다툼 때문에 마교가 망하고 구마종 역시 대부분 죽으면서 십만대산으로 퇴각했다는 전설이 있긴 하지만 사실 전모는 누구도 모르는 일이 아니겠습니까? 최소한 그들이 남긴 비급을 누군가가 발견했을 수도 있으니까요."

"가능성이 전혀 없다고는 할 수 없지만 천 년 동안 나타나지 않은 창마종의 창술이 지금 나타난다는 것은 너무 비약인 것 같습니다."

"창마종의 창술에 대한 기록은 전혀 없다. 그리고 창귀의 무공이 창마종의 창술과 연관이 있고 없고는 중요한 일이 아닐 수 있다. 군사."

"예, 성주님!"

"네 분석을 보면 본 성의 활동을 잠시 멈추자고 했는데 그 이유에 대해 모두에게 설명하거라."

"예!"

독심마유는 앞에 있는 연단으로 올라갔다.

연단에는 중원 전도가 게시판에 붙어 있었다. 전도에는 굵은 선과 가는 선 그리고 여러 점들이 찍혀 있었다.

그는 전도에 그려진 굵은 선을 가리키며 말했다.

"현재 본 성이 지배하고 있는 지역은 여기 굵은 선 안입니다. 그리고 영향력이 뻗치는 구역은 가는 선 안입니다. 점들은 그동안 창귀가 벌인 것으로 의심되는 사건들이 일어난 곳입니다."

"그게 지금 활동을 얼마간 멈추자는 이유인가?"

호법인 자전신마가 이해를 하기 어렵다는 듯 물었다.

"창귀는 본 성의 힘이 미치는 지역에서는 한 건의 사고도 없었습니다. 그에게 피해를 입은 곳은 혈사련과 암흑무림입니다. 그리고 둘은 본 성에게는 매우 위협적인 존재입니다. 전 창귀와 그들 간의 전쟁에 본 성은 끼어들 이유가 없다고 판단했습니다."

"그럼 어부지리를 노리자는 말인가?"

"혈사련이나 암흑무림은 이제 창귀와는 불구대천의 원수가 되었습니다. 그를 죽이지 않는다면 천하가 조롱할 것이 분명하니까요. 결국 창귀가 그들에게 죽게 되겠지만 혈사련과 암흑무림의 전력 역시 크게 피해를 입을 것입니다."

독심마유의 분석에 모두는 잠시 생각에 잠겼다. 침묵이 길어지자 만겁마종이 결론을 내렸다.

"군사의 말대로 얼마간 본 성의 활동을 축소하고, 무림의 움직임을 관망한다. 아무래도 창귀를 그저 변수로만 생각해서는 안 될 것 같다."

만겁마종의 결정에 모두는 허리를 굽혔다.

"존명!"

"이만 나가 봐라."

모두가 나가자 갑자기 만겁마종의 표정이 심각하게 변했다.

그는 태사의 손잡이를 손가락으로 톡톡쳤다.

"창마종이라…… 그래, 창마종의 창술이라면 이놈의 신묘한 창술이 맞아 떨어져. 아무래도 마교에 연락을 해 봐야 될까?"

분명 창마종에 대한 대화를 할 때 대수롭지 않다는 듯, 넘긴 그였지만 마음속으로는 매우 심각하게 받아들이고 있었던 것이다.

그런데 그의 입에서 놀라운 단어가 언급이 되었다.

마교라니!

그는 마교와 연락이 가능하다는 말일까……

* * *

악양에서 안휘의 화현까지 통하는 여객선은 매우 컸

다. 닷새가 넘는 긴 뱃길에 침실이 필수적으로 필요하기 때문이었다.

　처음에는 반만 차 있던 배는 중간 포구를 기착할 때마다 늘어나더니 안휘로 들어갈 때쯤에는 입추의 여지가 없을 정도로 꽉 차 버렸다.

　대부분은 상인이었지만 무림인들도 상당히 많았다.

　배의 객방은 사람이 한 명 누울정도로 좁았다.

　똑! 똑!

　방안의 침상에 누워 있던 진무성은 문을 두드리는 소리에 몸을 일으키고는 방문을 열었다.

　그리고 그의 눈이 커다래졌다.

　단지 나타난 것만으로 진무성의 눈을 크게 뜨게할 수 있는 사람이 누구일까?

　"영 매!"

　진무성의 입에서는 반가운 목소리가 나왔다. 안으로 들어선 설화영은 문을 닫고는 그대로 진무성의 품에 안겼다.

　너무 좁은 방인지라 자연스레 둘은 침상으로 넘어졌다.

　"상공 너무 보고 싶었습니다."

　달콤한 그녀의 목소리가 귀를 파고들자 진무성은 그녀

를 으스러지도록 꽉 껴안았다. 그리고 곧이어 자연스럽게 입맞춤으로 이어졌다.

그렇게 얼마나 시간이 흘렀을까……

진무성의 팔베개를 베고 조금이라도 놓치지 않겠다는 듯 그의 허리를 꼭 껴안은 설화영의 눈은 진무성의 얼굴에서 떨어지지를 않았다.

"이러다 얼굴에 구멍 나겠다."

진무성은 미소를 지며 그녀의 머리를 부드럽게 쓰다듬었다. 그녀의 눈동자는 세상 어느 보석보다도 아름답게 반짝이고 있었다.

"보고 있어도 보고 싶으니 어떡하겠어요?"

"영매, 이제 같이 있어도 되지 않겠어?"

진무성의 말에 설화영은 안타까운 표정으로 말했다.

"같이 있고 싶은 마음은 소첩이 상공보다 더 원하고 있습니다. 하지만 저희 둘이 같이 있으면 그자가 저희를 찾을 수 있는 확률이 더 커질 것입니다."

"그자가 그렇게 두렵소?"

"소첩은 아직도 꿈을 꾸고 있습니다. 그리고 그 꿈의 괴물들이 점점 사람의 모습을 띠고 있어요. 상공을 만난 이후 그들은 더 이상 가까이 다가오지 못하고 있지만 여전히 제가 느끼는 공포가 매우 큽니다."

"그자가 나타나면 내가 죽일 거야. 절대로 영 매가 다치는 일은 없을 거야."

"제가 두려워하는 것은 제가 다치는 것이 아닙니다. 제겐 상공께서 다치시는 것이 더욱 싫습니다."

설화영은 진무성이 다친다는 생각만으로도 마음이 아픈 듯 눈에 눈물이 글썽였다.

'절대로 그럴 일은 없을 거야. 천하를 다 죽이더라도 영매는 내가 지킨다.'

그녀의 눈을 본 진무성은 감격한 듯 그녀의 몸을 꽉 껴안았다.

진무성의 눈에는 그녀를 반드시 지킨다는 굳은 결의가 확실하게 보였다.

* * *

남궁세가의 가주 집무실 안에는 가주인 남궁백원과 태상호법이자 최고 원로인 남궁지황 그리고 호법인 남궁지웅과 총관 및 군사인 남궁백상이 함께 앉아 있었다.

남궁백상의 보고를 받은 모두의 표정은 매우 어두웠다.

후기지수들에게 강호의 위험성 및 경험을 쌓게 하기 위해 수시로 보내던 강호행도 멈춘 지 벌써 석 달이 지났다.

"젊은 제자들이 한둘도 아니고 열네 명이나 죽었다. 그럼에도 흉수의 단서를 찾은 것이 하나도 없다는 것이 말이 되느냐?"

남궁지웅은 이해가 안 간다는 듯 반문했다.

"남궁의표의 보고에 따르면 당시 도움을 준 청년이 아니었다면 그들도 다 죽었을 것이라고 했습니다."

"흉수들은 의표의 동선을 어떻게 알고 배까지 공격을 했을까? 더구나 그들은 기다렸다는 듯 하늘을 날아왔다고 했다."

"날았다기보다는 높은 절벽 위에서 특수한 옷을 이용해 하강했다고 합니다."

"어찌 됐건 배를 타고 움직인 것을 알아내고, 하늘을 이용해 공격했다는 점을 봤을 때 매우 거대한 조직적인 세력이 아니면 불가능하지 않느냐?"

"제자들이 공격을 당하는 일이 한 지역에서 국한된 것이 아닌 천하 곳곳에서 일어났습니다. 중원 전체를 아우르는 조직이 있는 것은 분명할 것 같습니다."

눈을 감고 대화를 가만히 듣던 남궁지황이 처음으로 입을 열었다.

"도움을 준 청년의 이름이 진무성이라고 했지?"

"예."

남궁세가 최고원로이자 최고수인 그의 말의 무게는 남달랐다.

"큰 배의 닻을 마치 채찍 휘두르듯 자유자재로 사용하며 적들을 모두 죽였다. 그 정도면 대단한 고수일 뿐 아니라, 많은 이가 봤을 텐데. 왜 그 이름이 아무에게도 회자되지 않는 것인지는 알아보았느냐?"

"저희도 그게 이해가 안 됩니다. 그를 태운 배가 어디서 그를 내려 줬는지조차 알아내지 못했습니다. 아니 그 배조차 사라졌습니다."

"그렇다면 진무성이라는 그자도 좀 수상하다는 생각은 안 했느냐?"

"생각은 해 봤지만 그자에 대한 정보가 너무 없었습니다. 심지어 그가 어디서 나타났는지조차 알아내지 못했습니다."

"개방과 무림맹에도 도움을 청해 보았느냐?"

"당연히 청했습니다. 하지만 알아낸 것은 없었습니다."

"이상하군, 왜 갑자기 무림에 정체를 알 수 없는 자들이 자꾸 나타나는 거지?"

"누구를 말씀하시는지요?"

"호남 쪽에 나타났다는 창귀 말이다. 살귀라고도 불릴 정도로 많은 살생을 했다는데 그의 정체 역시 오리무중이 아니더냐?"

모두는 침묵에 들어갔다.

사실 지금 개방이나 무림맹, 남궁세가의 일보다는 창귀의 문제로 진무성을 조사할 경황이 없음을 잘 알고 있었기 때문이었다.

남궁백원은 남궁백상을 보며 말했다.

"백상아."

"예, 형님."

"지금 무림의 상황이 매우 불안정하게 느껴지는구나. 그리고 어떤 자들인지는 몰라도 본 가를 노리는 자들이 있다는 것이 확실한 것 같다. 외부 활동은 최소화하고 합비 주위에 대한 경계를 강화하도록 해라."

"알겠습니다."

남궁지황까지 불러 회의를 한다는 것은 지금 상황을 매우 불안하다고 느낀 것이 분명했다. 하지만 어떻게 대응을 해야 할지 결론을 내는 것은 쉽지 않았다.

* * *

비상이 걸린 곳은 혈사련 역시 마찬가지였다. 창귀에 의해 가장 큰 피해를 입은 세력이 바로 그들이기 때문이었다.

"지존, 무력단 하나를 제게 붙여 주십시오. 그럼 제가 직접 나가 그놈을 잡겠습니다."

대노한 혈사련의 장로인 혈염마군의 목소리에는 살기가 풀풀 날리고 있었다.

"아닙니다. 제게 맡겨 주십시오. 반드시 이놈을 산산조각을 내겠습니다."

장로인 축융마랑까지 나서자 파천혈마는 아무 말없이 흑면수사를 쳐다보았다.

군사로서 의견을 말해 보라는 의미였다.

파천혈마의 눈을 본 흑면수사는 곤혹스런 표정으로 입을 열었다.

"먼저 군사부에서 창귀의 무공에 대해 너무 과소평가한 것에 대해 용서를 빌겠습니다."

꾸벅 허리를 굽힌 그는 다시 말을 이어 갔다.

"지금 가동할 수 있는 모든 정보망을 동원해 창귀의 정체를 찾아내려 했지만 불행히도 정체는 물론 그의 행적조차 알아내지 못했습니다."

말을 마친 흑면수사는 호남성 지도가 붙어 있는 게시판 옆으로 가더니 몇 군데를 짚어 가며 다시 입을 열었다.

"그자의 동선을 보면 횡보도 있고 이따금 다시 남쪽으

로 움직이기도 했지만 전체적으로는 북진을 하고 있습니다. 다음 도착 예정지는 호북으로 보입니다. 만약 호북으로 들어가 버린다면 본 련으로서는 더 이상 쫓아갈 수 없습니다."

"세 명의 대주에 이백 명이 넘는 무력대원들이 죽었다. 본 련의 피해가 이렇게 막심한데 호북이라고 못 쫓아갈 이유가 뭐란 말이냐?"

혈염마군이 어불성설이라는 듯 크게 반박했다.

"호북에 들어가는 순간 고립되어 버립니다. 당연히 도움 역시 받을 수 없습니다. 너무 위험합니다. 또한 창귀의 무공 수준에 대해 다시 재고해야 합니다. 이제부터는 좀 더 확실한 정보를 얻은 후에 추적을 해야 한다고 생각합니다."

흑면수사의 말에 모두의 표정이 일그러졌다.

직접적으로 지칭하지는 않았지만 장로가 무력단을 끌고 나간다 해도 오히려 전멸을 당할 수도 있다는 염려를 확실하게 드러냈기 때문이었다.

"흑면수사! 지금 본 장로가 자신의 정체도 당당히 밝히지 못하는 그놈에게 당할 것이라고 보는 것이냐?"

혈명마군과 축융마랑이 얼굴에 분노를 가득 담고는 소리쳤다. 둘은 마왕급의 마두로 백대고수에도 중간급에 이름을 올린 초절정고수였기 때문이었다.

"제가 어찌 감히 그런 생각을 하겠습니까? 다만 이미 큰 피해를 입었습니다. 여기서 더 피해를 입는다면 본 련의 전력상의 손실이 너무 커질 수 있기에 조심을 하자는 것뿐입니다."

"그만!"

모두의 입을 막은 파천혈마의 몸에서 강력한 사기가 뿜어져 나왔다.

모두는 급히 머리를 조아렸다.

"흑면수사!"

"예!"

"네 말대로 감정적으로 움직이는 것은 미련한 짓이다. 네게 전권을 맡길 것이니 본 련의 피해 없이 창귀 그놈을 잡을 방법을 찾아내라."

"……알겠습니다."

그는 피해 없이 창귀를 잡는다는 것이 불가능하다는 것을 알고 있었지만 우선 대답을 할 수밖에 없었다.

* * *

뱃전에 나란히 선 진무성과 설화영은 너무 다정해 보였다.

입추의 여지없이 사람들로 복잡하던 배도 안휘로 들어서며 많은 손님들이 하선을 한 뒤로 이제 좀 편하게 구경할 정도로 넉넉해졌다.

설화영은 진무성과 같이 있다는 것만으로 너무 행복한 듯 연신 웃음을 터뜨렸다.

"두 분을 보니 선남선녀라는 말의 의미가 어떤 것인지 확실하게 알 것 같습니다."

뒤에서 나는 소리에 진무성은 고개를 돌렸다.

거기에는 학사모를 쓴 너무 잘생긴 서생 한 명이 섭선으로 자신의 얼굴을 살살 부치며 그들을 보고 있었다.

진무성은 처음 보는 얼굴이자 대답없이 다시 고개를 돌렸다. 다른 사람에게 말을 한 것이라고 생각한 것이다.

"며칠을 배 안에서만 지냈더니 좀 답답하군요. 강호에서 만난 사람은 모두 친구라고 하던데 같이 대화라도 할 수 없겠습니까?"

하지만 다시 들려오는 서생의 말에 진무성은 자신에게 한 말이라는 것을 느끼고는 약간 언짢은 목소리로 말했다.

"강호에서 아무한테나 친근한 척 다가가는 것은 매우 위험한 일이기도 하지요."

진무성은 친분을 가지고 싶지 않다는 뜻을 확실하게 보

였다. 하지만 서생은 유들유들했다.

"제가 그리 나쁜 인상은 아닌데 너무 빨리 벽을 치시는 것 같습니다."

"제가 벽을 치는 것이 아니라 다른 분과 대화를 할 시간이 없을 뿐입니다. 공자께서 심심풀이로 대화할 사람들은 저희 말고도 많이 있는 것 같은데 다른 분들과 친분을 가지시지요."

진무성의 말은 사실이었다.

설화영을 만난 후 진무성은 방에서 나오지 않았다. 그들이 방에서 나온 것은 이틀 만이었다.

이제 내일 배가 목적지에 도착하면 헤어진다는 생각에 같이 밤 경치라도 보며 좋은 시간을 보내기 위해서였다.

그런데 뜬금없이 모르는 사람이 그들의 대화에 끼어들려고 하니 진무성으로서는 못마땅할 수밖에 없었다.

하지만 서생은 전혀 물러 날 생각이 없는 듯 다시 유들거리며 말했다.

"마지막 도착지까지 아직 다섯 시진은 가야 하는데 시간이 없다니 변명 치고는 좀 빈약한 것 같습니다."

진무성은 그가 계속 물고 늘어지자 의아한 표정으로 물었다.

"혹시 저를 아십니까?"

"제가 소협을 알 리가 있겠습니까?"

"그럼 제게 계속 이러시는 것은 이유가 있습니까?"

"제가 사람을 잘 봅니다. 소협 같은 분과 친분을 가지면 제게는 손해 날 것이 없다는 생각이 드는군요."

"상대의 마음은 배려하지 않고 자신의 이익만 따진다는 생각이 드는군요. 저는 공자와 친해져 봐야 좋을 것이 없다는 생각이 듭니다."

"하하하하! 제가 이런 말을 듣다니 정말 세상에는 뛰어난 분들이 많다는 말이 사실이라는 것을 알겠습니다."

그때 설화영이 진무성의 손을 꼭 잡았다.

그와 시비를 벌이지 말라는 의미였다.

"공자께 경고의 의미로 한 마디 해 드리겠습니다."

"경고요? 기대가 되는군요. 제게 조언을 하는 사람이 거의 없거든요. 경청하겠습니다."

"공자께서는 스스로 자신을 지킬 힘이 있다고 믿기 때문에 그러시겠지만 세상에는 생각보다 강한 사람들이 많습니다. 강호행을 하시려면 조금 더 조심스럽게 행동을 하셔야겠습니다."

서생은 뜻밖에도 인정한다는 듯 고개를 끄덕이며 말했다.

"제가 좀 그런 면이 있긴 하지요."

생각지 못한 말에 진무성은 그를 좀 더 자세히 살피기 시작했다. 그리고 곧 그의 눈에 놀라움이 나타났다.

서생의 무공이 지금까지 만난 어떤 고수보다 강하다는 것을 느꼈기 때문이었다.

사실 진무성은 서생의 무공이 대단히 높다는 것은 이미 느끼고 있었다.

그런데 자세히 살피니 자신의 예상보다 몇 배는 더 강하다는 것을 느낀 것이다.

진무성이 그의 무공 수준을 즉각적으로 감지 못하고 오판을 했다는 것은 서생의 무공이 얼마나 높은지를 알려주는 방증이라고 할 수 있었다.

'이것 봐라? 거의 고윤과 맞먹을 정도의 고수란 말이지……'

여자라 보아도 속을 정도로 잘생긴 얼굴에 매우 비싸 보이는 옷, 그의 손에 든 섭선 역시 보통 물건이 아니었다.

하지만 놀란 것은 놀란 것이고 지금 그에게 중요한 것은 설화영과의 시간을 방해받지 않는 것이었다.

"이제 그만 돌아가시지요."

서생은 여전히 강만 바라보는 설화영의 뒷모습을 흘깃 보더니 진무성에게 포권을 했다.

"아무래도 오늘은 때가 아니었던 것 같습니다. 대신 다음에 보게 되면 제게도 조금만 틈을 주십시오."

"다음에 만나게 된다면 그땐 시간을 내드리지요."

그냥 귀찮아서 한 말이었지만 서생은 아주 흡족한 듯 크게 웃으며 말했다.

"약속은 꼭 지키십시오. 전 소협과 다시 만날 날만 손꼽아 기다리겠습니다."

그리고 그는 경쾌한 걸음으로 원래 자신의 자리로 돌아갔다.

그와의 만남이 무림에 어떤 바람을 불게 만들지 지금은 아무도 알 수 없었다.

* * *

"사제, 무슨 생각을 그렇게 하나?"

산길을 따라 안휘 방향으로 향하던 천원신개는 구룡신개의 표정이 계속 심각하자 의아한 듯 물었다.

"사형, 그자 너무 위험한 자 같았습니다. 그자의 요구를 받아 주는 방향으로 생각해야 하지 않을까 싶습니다."

개방에 도착한 구룡신개는 진무성이 원하는 조약에 대해 알렸다.

갑작스러운 상황에 개방에는 당연히 최고 간부 회의가

열렸다.

창귀라는 이름이 주는 두려움과 천하의 개방을 위협하는 오만함 그리고 친분을 갖고 싶다는 그의 저의까지 호불호가 극심하게 갈리는 사안이기 때문이었다.

다른 구파일방에 비해 자유분방하기 때문에, 여간해서는 쉽게 의견 일치를 보는 개방의 장로들 사이에서도 치열한 갑론을박이 벌어졌다.

그리고 나온 결론은 개방의 머리이자 사람 보는 눈이 가장 뛰어나다는 천원신개를 보내 결정을 하기로 한 것이다.

천원신개가 구룡신개를 처음 만난 것은 이미 일갑자 전이었다.

둘은 사부는 달랐지만 어려서 무공도 같이 배웠고 강호행도 같이 하고 분타주도 가까운 지역에서 하면서 친사형제 이상으로 가까웠다.

그가 아는 구룡신개는 성격이 낙천적이고 쾌활하여 아무리 심각한 일이 하루면 풀렸다.

그런데 이번에는 며칠이 지났음에도 계속 심각해 보였다.

그의 말을 들은 천원신개는 그의 상태가 창귀에 대한 두려움이 아닐까 하는 생각과 함께, 이번 임무가 정말 막

중하다는 생각이 들었다.

"천하의 구룡신개를 고작 몇 마디 대화만으로 이렇게 두렵게 만든 자가 누구일까 점점 흥미가 생기는구나."

"사형, 제가 이 나이가 될 때까지 정말 별의별 사람을 다 만났습니다. 한데, 창귀는 정말 설명하기 어려운 자였습니다. 솔직히 두려움이라는 말도 약합니다. 공포를 느꼈다는 것이 맞아 보입니다."

구룡신개의 말에 천원신개는 자신도 모르게 긴장한 표정으로 반문했다.

"그런데 그자가 왜 우리를 안휘로 오라고 했을까?"

구룡신개는 개방의 결정이 내려지자 곧장 독행개에게 깃발을 걸도록 전서를 보냈다. 그리고 하루도 지나지 않아 안휘의 합비에서 만나자는 서찰이 개방의 총단에 도착한 것이었다.

"악양이나 합비나 그건 상관이 없지만 전서를 보내고 하루도 안 되어 총단에 서찰이 도착했다는 사실이, 전 더욱 이상합니다. 어쩌면 창귀 그자가 혼자가 아니라 세력의 일부일 수도 있다는 말이 아니겠습니까?"

"나도 그런 생각을 하긴 했었다. 하지만 그런 조직이 있다면 본 방의 정보망에 이미 걸렸을 게다."

"요즘 본 방의 정보망도 믿기가 힘듭니다. 창귀가 그렇게 많은 살상을 벌였지만 전혀 단서도 찾지 못하고 있지 않습니까?"

"그래서 내가 안휘까지 가는 것 아니냐? 가주님께서 내게 특별히 말씀하시더구나."

"뭐라고 말입니까?"

"그자는 본 방의 제자를 구해 준 적도 있었다. 그러니 모든 상황을 객관적으로 보더라도 최대한 그와 좋은 관계를 유지하는 쪽으로 결정을 했으면 좋겠다고 하셨다."

구룡신개의 눈이 살짝 커졌다.

개방의 방주인 천중신개는 고지식할 정도로 모든 일을 정의와 협의에 기반한 결정을 하는 사람이었다.

그런 그가 무수한 살생을 저지른 창귀와 좋은 관계를 맺도록 압박을 줬다는 말 때문이었다.

구룡신개는 자신의 너무 틀에 박힌 답변에 창귀와 개방 간의 사이가 나빠져 그의 살의가 개방의 제자에게 향하는 것은 아닌가 하는 걱정을 계속했었다.

그와 헤어질 때 그리 좋게 헤어지지 않았다고 판단했기 때문이었다.

"방주님께서 그렇게 말씀하셨다니 조금 마음이 편해지는 것 같습니다."

"그래 조금 더 빨리 움직여야 할 것 같다."

천원신개가 몸을 날리자 구룡신개도 급히 뒤를 따랐다.

*　*　*

"영 매, 힘들지?"
설화영이 이만 들어가자는 말에 다시 선방으로 들어온 진무성은 그녀를 침상에 눕히며 물었다.
"상공과 함께 있는데 어찌 힘들겠습니까? 상공과 단둘이 있고 싶어서 그런 것입니다."
"영 매는 어떻게 말하는 것마다 이렇게 사랑스러운지 모르겠다."
진무성은 그녀를 살포시 안았다.
"상공."
"응?"
"아까 선상에서 만난 분, 어떻게 보셨어요?"
"그 이상한 서생?"
"예."
"생각해 보지 않았는데 왜 그자가 신경 쓰여?"
"풋!"
그녀가 입을 가리며 웃자. 진무성은 미소를 지으며 물

었다.

"내 말이 재미있었어?"

"상공께서 저를 얼마나 예뻐하시는지 느껴져서 웃었습니다."

"영 매가 내 마음을 알아준다니 고맙네."

"고마운 것은 제가 더 고맙지요."

"그런데 그 서생은 왜?"

"그분은 서생이 아니라 여자입니다."

"여자라고? 내 눈을 속이다니 정말 대단한 수법이네?"

진무성은 놀란 듯 반문했다. 그가 여자라는 것을 느끼지 못했다는 사실이 의아해서였다.

"그냥 대단하다는 말로 치부할 신분이 아니더군요."

"영 매는 그게 보였어?"

"전부는 아니었습니다. 하지만 매우 고귀한 신분이고 무림 전반에 대단히 큰 영향력을 행사할 수 있는 힘이 있는 여인이라는 것은 알 수 있었습니다."

"고귀한 신분이라면 설마 공주?"

"황실 인물은 아닙니다. 다만 상공께서 친구로 만드신다면 큰 힘이 될 것입니다."

말하는 그녀의 表情에는 뭔지 모를 갈등의 빛이 보였다.

그 이유는 그녀만이 알 수 있는 것이었다.

"남자일 때도 그다지 마음에 안 들었는데 여인이라면 더 친해질 이유가 없는데? 다만 영 매의 말을 존중해서 적으로 만들지는 않을게."

진무성의 말에 설화영은 갑자기 그의 목을 껴안으며 품으로 파고 들었다.

"감사해요."

불안했던 마음이 그의 말을 듣는 순간, 단숨에 사라지는 것을 느끼자 사랑의 감정이 북받치듯 올라왔기 때문이었다.

"감사는 내가 해야지. 영 매가 없었다면 나는 아마 지금 지옥 속에 있었을 거야."

서로 감사하는 마음.

그거야말로 진정한 사랑이 아닐까……

* * *

대나무로 만든 소축.

최고원로인 남궁지황과 가주인 남궁백원이 단둘이 앉아 있었다.

"가주, 요즘 얼굴에 수심이 가득한데 제자들의 사기를

생각해서라도 좀 편하게 생각하세요."

"자식과 손자 같은 아이들이 첫 강호행을 하면서 죽었습니다. 제가 어찌 마음이 편할 수 있겠습니까?"

"가주의 잘못이 아니니 자꾸 그러지 마시게."

남궁지황은 침중한 표정으로 차를 한 모금 마셨다. 세가의 최고 어른으로서 남궁백원을 달래고는 있었지만 그 역시 마음이 무거운 것은 어쩔 수 없었다.

그때, 남궁지황의 고개가 밖을 향했다.

"또 무슨 일이 있길래 백상이가 저렇게 급히 오는지 모르겠구나?"

"백상 아우가 오고 있습니까?"

남궁지황이 고개를 끄덕이자 남궁백원이 다시 말했다.

"사숙께서는 지금도 무공이 느시는 것 같습니다. 제가 부끄럽습니다."

"가주야 세가를 돌보느라 수련할 시간이 없지 않으신가? 나야 하는 일이 없으니 수련밖에 할 것이 없다네?"

"사숙, 가주님!"

그때 남궁백상이 헐레벌떡 뛰어 들어왔다.

"넌 총관에 군사까지 맡고 있는 애가 어찌 어릴 때랑 변한 것이 없구나?"

남궁지황의 눈에는 육십이 넘은 남궁백상이 여전히 애

로 보이는 듯했다.

"지금 그럴 때가 아닙니다. 진무성이라는 자가 가주님을 뵙고 싶다고 찾아왔습니다."

"누구?"

너무 뜻밖의 이름에 남궁백원은 못 알아들은 듯 반문했다.

"진무성이요! 의표하고 아이들을 장강에서 구해 줬다는 의문의 무인 말입니다."

그말을 들은 남궁백원이 벌떡 일어섰다.

"백상 아우."

"예."

"당장 나가서 제자들에게 무례를 저지르지 못하게 하고 귀빈청으로 모시거라. 나도 준비를 끝내는 대로 귀빈청으로 갈 것이니 최대한 극진하게 모시거라."

"알겠습니다!"

남궁백상이 다시 급하게 나가자 남궁백원은 남궁지황에게 인사를 하며 말했다.

"저도 이만 가 봐야 할 것 같습니다."

"가주."

"예."

"진무성이라는 자가 왜 갑자기 이 시기에 본 가를 찾아

왔을까?"

"……글쎄요? 숙부님 말씀을 들으니 좀 이상하긴 하군요."

"혹시, 결정하기 어려운 상황이 생기면 즉각 내게 연락해 주시겠소?"

"그렇게 하겠습니다."

말을 마친 남궁백원이 밖으로 나가자 남궁지황은 심각한 표정으로 생각에 잠겼다.

'이자가 본 가를 찾아온 것이 좋은 일일까 나쁜 일일까?'

그의 물음의 답은 남궁세가 자체에 있다는 것을 그는 아직 몰랐다.

* * *

남궁세가에 들어선 진무성은 자신도 모르게 고개를 끄덕였다. 수백 년은 됨직한 고택과 거기에 맞춰 조성된 정원은 실로 감탄이 나올 만한 아름다운 광경을 만들고 있었기 때문이었다.

'제갈세가와는 또 다른 느낌이군.'

귀빈청에 도착한 진무성은 사방에 진열된 자기와 꽃들

그리고 벽에 걸려 있는 아름다운 그림과 서체를 보며 무림세가라 해도 취향은 확실하게 다르구나 하는 생각이 들었다.

그때 남궁백상이 들어오더니 포권을 하며 말했다.

"저는 남궁세가의 총관인 남궁백상이라고 합니다. 진 대협께서 본 가의 제자들을 구해 주신 것에 대해 감사 인사를 드립니다. 사실 본 가에서 진 대협을 많이 찾았습니다."

찾았다는 말에 진무성은 의아한 표정으로 반문했다.

"무슨 이유로 저를 찾으셨습니까?"

"은인께 보답도 못하고 감사 인사도 못했는데 당연히 찾아 뵈어야지요."

"그 일은 우연히 벌어진 일입니다. 마음에 깊이 두시지 않아도 됩니다."

"모든 은원은 우연히 만들어지는 법입니다. 계획적으로 은혜를 만들었다면 그것은 은혜가 아니라 저의가 되겠지요."

"그게 또 그렇게 되나요?"

"은혜를 입었으면 그것을 갚는 것은 강호의 불문율이자 도의입니다."

남궁백상의 말에 남궁세가가 지향하는 원칙이 보이고

있었다.
"가주님께서는 허락을 해 주셨습니까?"
"예, 곧 나오실 것입니다."
"남궁 대협께서 총관이라고 하셨지요?"
"그렇습니다."
"그럼 가주님께 전언을 전해 주실 수 있겠습니까?"
"말씀하십시오."
"오늘 대화는 아주 중요한 일이고 비밀을 요하는 사안이라 최소한의 분들만 만나고 싶다고 전해 주십시오."

남궁백상의 표정이 살짝 곤혹스럽게 변했다.

이름도 없는 청년을 남궁세가의 제자들을 구했다는 이유만으로 가주가 만나 주는 것만도 파격적인 일인데 만나는 사람까지 자신에게 맞춰 달라는 것은 사실 매우 무례한 일이었다.

진무성이 만약 가주를 죽이기 위한 살수일 경우도 염두에 두지 않을 수 없기 때문이었다.

"제가 약속을 드릴 수는 없는 부분이지만 가주님께 전해는 드리겠습니다."

남궁백상은 자신의 생각을 감추고 최대한 예의 있게 답하고는 몸을 돌렸다.

그때 경비대장인 남궁의천의 호위를 받으며 남궁지웅

과 함께 귀빈청으로 들어서던 남궁백원이 말했다.

"전할 것 없다. 진 대협께서 원하신 대로 하겠다. 경비대장은 나가서 이 근처에는 아무도 오지 못하게 해라."

남궁의천은 잠시 머뭇거렸지만 결국 허리를 숙이고는 밖으로 나갔다.

그렇게 앞으로 다가온 남궁백원과 진무성의 눈이 마주쳤다.

진무성은 공손히 포권을 했다.

오늘 남궁세가와 대화의 결론에 따라 그의 계획에 아주 큰 변곡점이 될 수 있었기 때문이었다.

2장

　남궁백원은 진무성이 매우 예의 바르게 포권을 하자 조금 마음이 편해진 듯 맞권을 하며 말했다. 얼굴의 자상으로 보아 평탄한 삶을 산 것 같지는 않았지만 영웅의 풍모가 확연하게 보였기 때문이었다.
　"우선 앉으시오."
　"예."
　"본 가의 남궁의표와 세 명의 후기지수들이 진 대협 덕분에 목숨을 구했다는 보고를 듣고 진 대협을 백방으로 수소문했는데 찾지 못해 애태우고 있는 와중에 이렇게 직접 찾아와 주니 정말 감사하오."
　"총관님께도 말씀드렸지만, 그것은 단지 우연일 뿐이

니 더 이상 마음 쓰시지 않으셨으면 합니다."

"허허허! 공이 있으면 조금이라도 그것을 내세우고 싶어하는 것이 인지상정이거늘 진 대협은 보기 드문 협객이구려. 하지만 은혜를 입은 사람이 있는데 그게 없어질 수는 없는 일이 아니겠소?"

"오늘 제가 남궁세가를 찾아온 것과 그 문제는 연결을 짓지 말아주십시오."

"알겠소. 그 문제는 시간을 두며 갚도록 하고 그래 비밀을 요할 사안이 무엇인지 말해 주시겠소?"

"제가 말씀을 드리기 전에 무림맹에게도 비밀을 지켜주신다고 약조를 해 주실 수 있겠습니까?"

잠시 침묵이 흘렀다.

무림맹에게조차 비밀을 지켜라.

당연하게도 그 말은 무림맹에 속해 있는 문파에게는 매우 어려운 일이었다.

고심하던 남궁백원이 결정한 듯 물었다.

"설마, 영원히 비밀로 해 달라는 말이오?"

"그럴 리가 있겠습니까? 제 정체가 무림에 알려지면 그때는 더 이상 비밀로 하실 필요가 없습니다."

듣고 있던 남궁지웅의 눈에 이채가 나타났다.

"자, 잠깐…… 진 대협에게 우리가 모르는 다른 정체가 있다는 말인가?"

"예, 제 정체를 비밀로 해 달라는 것입니다."

셋은 서로를 한 번 쳐다보더니 진무성을 주시했다.

"진 대협의 정체가 비밀로 할 정도로 대단한 모양이구려."

"대단해서가 아니라 알려지면 귀찮은 일이 너무 많이 생길 것 같아서 그렇습니다."

"진 대협의 정체가 정말 궁금해지는구려."

"우선 약조를 해 주시면 말씀드리겠습니다."

"약조드리리다."

남궁백원의 확인이 떨어지자 진무성은 조심스럽게 입을 열었다. 가주의 약속은 무엇보다 우선 하는 것이 무림세가였다. 만약 그 약조를 세가 내의 누군가가 깬다면 그것은 가주를 능멸한 죄로 큰 벌을 받을 수 있었다.

"근래 무림에서 저를 창귀라고 부른다고 하더군요."

순간 세 명의 얼굴이 딱딱하게 굳어졌다.

창귀라니……

지금 무림을 발칵 뒤집어 놓은 창귀란 단어가 갑자기 등장하자 모두는 긴장했다.

[가주 형님, 이자의 말을 믿을 수 있겠습니까?]

남궁백상은 이해가 안 간다는 듯 진무성이 눈치채지 못

하게 전음을 보냈다.

[좀 더 들어 보자.]

전음에 답을 한 남궁백원은 진무성을 보며 심각한 목소리로 물었다.

"진 대협께서는 지금 얼마나 위험한 말을 했는지 아시오?"

"무엇이 위험하다는 것인지 잘 모르겠군요. 혹시 혈사련과 암흑무림을 뜻하신다면 이미 귀찮아질 것이라고 말씀드렸습니다."

모두의 눈이 커졌다.

남궁세가도 혼자서는 상대할 수 없는 거대한 세력과, 그것도 한 곳이 아니라 두 곳이나 불구대천의 원한을 맺어 놓고 단지 귀찮아질 뿐이라고 말하는 진무성의 모습에 그들은 경악할 수밖에 없었다.

'만용일까? 아니면 오만일까? 그것도 아니라면 진짜 혈사련과 암흑무림을 두려워하지 않을 정도로 강한 것인가……'

남궁지웅은 속마음을 도저히 알 수 없는 진무성의 태연한 표정을 보며 왠지 섬뜩한 느낌을 받았다.

처음 남궁의표의 말을 들었을 때, 남궁백원은 진무성을 쉽게 찾을 수 있을 것이라고 판단했었다. 젊은 나이에 그렇게 고강한 무공을 지니고 있다면 당연히 곧 이름이 알려질 것이기 때문이었다.

그러나 어디에서도 진무성이라는 이름은 들리지 않았다.

그런데 창귀라면 그의 이름이 나오지 않은 것이 이해가 되었다.

"……진 대협께서 본 가를 찾은 것은 다른 용건이 있기 때문인가 보구려?"

그들은 진무성이 남궁세가의 제자들을 구해 준 일로 인사차 왔다고 생각했었다. 하지만 그가 스스로 창귀라고 밝혔다면 남궁세가를 찾아온 것에는 다른 이유가 있음이 분명했다.

"예, 사실은 남궁세가에 부탁이 있어서 왔습니다. 거래라고 해도 될 것 같군요."

"말해 보시오."

"남궁세가와 불간섭 조약을 맺고 싶습니다."

서로 침범하지 않는다는 불가침 조약은 무림 문파 간에도 종종 맺는 약속이었다.

하지만 불간섭 조약은 서로 건드리지 말자는 것인데 그게 무슨 의미가 있을까……

남궁백원도 의아한 듯 반문했다.

"불간섭 조약이요?"

"예, 저는 남궁세가를 건드리지 않겠습니다. 대신 남궁세가 역시 제가 하는 일에 적대감을 보이지 말라는 것입니다."

"진 대협께서 어떤 계획을 가지고 있는지 전혀 모르는 상황에서 무조건 불간섭 조약을 맺자고 하는 것은 저희가 받아들이기 어렵습니다."

'이게 정파의 특징인가?'

'무슨 짓을 할 것인지 우선 알아야 한다.' 그가 만난 정파인들이 약속한 듯이 모두 하는 말이었다.

단순히 자신들의 이익보다 자신들이 납득하는 것이 더 중요하다는 것을 의미했다.

진무성은 그들의 사고방식이 합리적이지 못하다는 생각이 들었지만 싫지는 않았다. 아니 마음에 들었다고 하는 것이 더 맞았다.

"제 계획은 사실 아주 간단합니다. 나쁜 놈들을 죽이겠다는 것입니다."

"지금까지 벌인 살인의 이유가 그거란 말이오?"

남궁백원은 어이가 없다는 듯 반문했다.

"전 원래 무림인도 아니었고 무림인의 삶을 살 생각도 전혀 없었습니다. 그저 양민의 한 명으로 아버님과 여동생을 데리고 평범한 생활을 하며 살고 싶었습니다. 하지만 세상에는 나쁜 놈들이 참 많더군요."

아버지와 여동생을 생각만 해도 여전히 슬픔에 가슴이 먹먹해 오자 진무성은 잠시 말을 멈추었다가는 다시 입을 열었다.

"그 나쁜 놈들이 제 가족을 건드렸습니다. 그리고 전 양민들을 괴롭히는 자들을 제거하기로 인생의 목표를 바꿨습니다. 그런데 그놈들을 없애다 보니 그놈들에게 뒷배가 있더군요. 무려 무림인들이 말입니다. 그래서 어쩔 수 없이 그들도 죽였습니다."

"서, 설마 뒤에 있다는 무림인이 혈사련과 암흑무림이었습니까?"

가주와 원로 호법이 있는 자리인지라 최대한 발언을 자제하던 남궁백상이 자신도 모르게 묻고 말았다.

양민으로 살려고 했는데 나쁜 놈들이 가족을 건드렸고 그래서 그들을 징치하다 보니 무림 최대 세력 중 두 곳인 혈사련과 암흑무림을 건드렸고, 그 덕에 원치 않았지만 무림인이 되었다는 누구도 믿기 어려운 이유를 그대로 받아들일 사람은 많지 않았다.

"전 혈사련과 암흑무림도 없앨 생각입니다."

이제 건드림을 넘어 없애겠다니, 이어진 진무성의 말은

점입가경(漸入佳境) 그 자체였다.

"혼자서 가능한 일이라고 생각하시오?"

"가능하지 않을 이유도 없지요. 잘못되어 봐야 제가 죽기 밖에 더하겠습니까?"

죽는 것을 두려워 하지 않는 자만큼 무서운 자는 없는 법이었다.

"혈세천하가 될 수도 있소이다."

"제가 나쁜 놈들을 쫓다 보니 그들보다 훨씬 더 무서운 자들이 암중에 있었습니다. 그러고 보니 장강에서 남궁세가의 제자를 죽이려던 자들이 바로 암중의 세력인 것 같군요."

"정말이오?"

"걱정마십시오. 그자들이 왜 남궁세가를 공격했는지는 모르겠지만, 그자들 역시 제가 없애려 합니다. 문제는 여러 세력과 싸우다 보면 살상이 많이 일어나는 것은 막을 수가 없겠더군요. 거기다 만약 정파에서 저를 막거나 방해를 한다면 정파까지 제 손에 죽을 수가 있습니다. 전 그것을 미연에 막고 싶을 뿐입니다."

"그러니까 진 대협이 무슨 일을 벌이건 무조건 상관하지 말라는 말이시구려?"

"사실 저는 남궁세가가 저와 서로를 돕고 보호해 주는

친한 친구가 된다면 더 바람직하다고 생각합니다. 위험이 닥쳤을 때 연락을 받으면 자신의 일처럼 당장 달려와 주는 그런 사이 말입니다. 하지만 남궁세가에서 부담이 된다면 불간섭 조약이라도 맺어 쓸데없는 피해는 막고 싶다는 것이 제 생각입니다."

"만약 진 대협의 제안을 본 가에서 거절한다면 어찌 되겠소?"

"글쎄요? 그렇다고 일부러 쫓아다니며 죽이는 일을 없겠지요. 하지만 만의 하나라도 제 일을 본의 아니게 방해를 하게 된다면 전 죽일 수밖에 없습니다."

모두의 표정이 굳어졌다.

진무성의 말이 단지 엄포가 아님을 그들은 알고 있었다.

그때 남궁백원의 뇌리에 결정을 하기 어려운 일이 생기면 자신을 불러 달라고 했던 남궁지황의 말이 떠올랐다.

"진 대협, 혹시 오늘 하루는 본 가에서 머물러 주실 수 있겠소?"

"오늘 하루라면 가능합니다. 하지만 내일 오전에는 떠나야 합니다. 또 만날 분들이 있거든요."

"떠나시기 전에 결정을 하겠소."

말을 마친 남궁백원은 입술을 굳게 닫았다.

* * *

 퀴퀴한 냄새와 정체를 알 수 없는 연기가 자욱한 폐쇄된 공간.

 수백 개는 됨직한 관들이 십 열로 바둑판의 칸처럼 놓여 있었다.

 관 안에는 코를 찌를 듯한 독한 냄새를 풍기는 액체가 가득 담겨 있었고 그 안에서는 뽀글뽀글 거품을 나오고 있었다.

 "관주님! 칠십삼 관에 문제가 있는 것 같습니다."

 의간(醫看) 박평의 외침에 관주인 판기한 급히 달려갔다. 그가 도착한 칠십삼이라고 쓰여 있는 관에서는 다른 관과는 달리 거품이 마치 끓듯이 격렬하게 솟아오르고 있었다.

 판기한은 바가지로 옆에 있는 통에서 누런 액체를 뜨더니 천천히 관안으로 흘려 넣었다. 일각쯤 지났을까······ 격렬히 끓어오르던 거품이 사그라들기 시작하더니 다른 관과 비슷하게 안정이 되기 시작했다.

 놀랍게도 관 안의 액체속에는 갓난 아기부터 열 살 남짓한 어린이까지 다양한 나이대의 아이들이 목에 기도관(氣道管)이 꽂힌 상태로 누워 있었다.

그때, 백의를 입고 하얀 학사모를 쓴 백염의 노인이 그들의 앞에 나타났다.

"동주님을 뵙습니다."

모두는 백염의 노인을 보자 급히 엎드렸다.

"무슨 일이 있었느냐?"

"탄현액이 좀 과했던 모양입니다. 이제 중화를 시켜 괜찮습니다."

"가주님께서 천기를 보며 고르고 고른 아이들이다. 한 명도 잃어서는 안 될 것이다."

"존명!"

백염의 노인은 흡족한 미소를 지으며 천천히 관 사이를 걷기 시작했다.

도대체 이곳은 또 어디이며 무슨 용도로 만들어진 곳일까……

* * *

"진 대협, 가주님께서 만찬에 초대를 하셨습니다."

귀빈청 방 안에 앉아 눈을 감고 있던 진무성은 남궁백상의 목소리를 듣자 천천히 일어나 밖으로 나갔다.

"가시지요."

"예."

남궁백상의 뒤를 따르는 진무성은 고개를 끄덕였다. 비밀을 지키겠다는 약조 때문일까, 진무성이 지나는 길 주위에는 아무도 보이지 않았다.

그리고 도착한 곳은 예상보다 작은 전각이었다.

'고윤과 비교해도 전혀 꿇리지 않을 대단한 고수다. 역시 오대세가 중 수좌라고 불리는 이유가 있군.'

진무성은 전각 안에서 대단한 기를 품고 있는 자가 있다는 것을 느끼자 역시 하는 표정을 지었다.

안에는 이미 보았던 남궁지웅과 남궁백원 그리고 방금 느꼈던 고수로 보이는 한 노인이 있었다.

진무성은 모두를 향해 공손히 포권을 했다.

"만찬에 초대를 해 주시다니 영광입니다."

그런 진무성의 모습을 보는 남궁지황의 얼굴에도 놀라움이 떠오르고 있었다.

'저 나이에 그런 무공을 지니고 있을 수 있단 말인가?'

남궁지황은 진무성이 벌인 사건들을 통해 그의 무공 수준을 어느 정도 가늠할 수 있었다.

그런데 그는 진무성의 무공 수준을 알아볼 수 없었다. 아니 정확히 말하자면 너무 약해 보였다.

약할 리 없는 자가 약해 보이는 이유는 내공을 갈무리

했다는 의미였다.

 거기다 은연중에 풍겨 나오는 기도가 숨이 막힐 정도였다.

 '가주도 심지어 지웅 아우조차 느끼지 못하고 있어. 그런데 하후 맹주에게서 느꼈던 기도가 어찌 저런 젊은 나이에 자연스럽게 뿜어져 나온단 말인가?'

 중얼대던 그의 표정이 다시 일변했다.

 '저건 또 뭐지?'

 정파인 중 절대 고수로 불리는 영세무황 하후광적과 천존마성의 성주인 만겁마종을 다 만나 본 사람은 그리 많지 않았다.

 특히 남궁지황은 그 둘과 마주 앉아 대화까지 나눠 본 사람이었다.

 남궁지황은 진무성에게서, 그가 하후광적을 보며 놀랐던 절대자의 기도를 느꼈다. 그런데 그의 몸에서 만겁마종에게서 느꼈던 공포의 기도가 풍겨진 것이다.

 한 사람의 몸에서 완전히 다른 상반된 기도가 발산된다는 것은 듣도 보도 못한 기사(奇事)였기 때문이었다.

 남궁지황은 놀란 눈으로 다시 진무성을 훑어보았다. 그리고 곧 고개를 갸웃했다.

 그의 몸에서 아무런 기도 느껴지지 않았기 때문이었다.

'내, 내가 잘못 느꼈나?'

그러나 그는 곧 부정했다.

그가 알아차린 것이 아니라 몸이 저절로 느낀 것이 잘못될 리는 없었기 때문이었다.

"이분은 본 가의 최고 어른이자 태상호법이신 남궁지황 숙부님이시네."

진무성은 이미 그가 보통 사람이 아니란 것을 방 안에 들어서기 전부터 느낀 터였다.

"천룡검신 어르신을 이렇게 뵙게 되다니 저로서는 영광일 뿐입니다."

"이미 한물 간 노인네를 그렇게 말해 주니 고맙구만 우선 앉으시게."

다 자리에 앉자 남궁백원이 먼저 입을 열었다.

"많이 준비하지는 못했지만 남궁세가만의 비법으로 만든 음식이오."

"이 정도면 제게는 진수성찬입니다. 감사할 따름입니다."

"진무성이라고 했나?"

남궁지황의 질문에 진무성은 공손히 답했다.

"예."

"그럼 사문은 어딘지 물어봐도 되겠나?"

"정파에게 사문은 아주 중요한가 봅니다. 그런데 제게

는 사문이랄 것이 없습니다. 죄송합니다."

"그래도 무공을 가르쳐 준 사부는 있을 것 아닌가?"

"무공을 익히는 게 도움을 받은 분은 있습니다. 하지만 사부는 없습니다."

남궁지황의 눈에 이채가 나타났다.

사부 없이 이곳저곳에서 구걸하듯이 무공을 배운 낭인들이 일류급의 고수가 되는 경우는 매우 드물었다.

물론 무공 비급을 취득해 고수가 되는 사람이 없는 것은 아니었지만 사부 없이 수준을 올리는 데는 한계가 있었다.

당연히 사부나 사문 없이 초절정 고수급의 고수가 된 사람은 무림 역사에 손에 꼽을 정도밖에 없었다.

하물며 진무성 같은 고수가 누구의 도움 없이 자력만으로 태어난다는 것은 불가능하다고 할 수 있었다.

그런데 남궁지황은 진무성의 말이 거짓이 아님을 알 수 있었다.

"허허허! 진 대협은 정말 신비한 사람이구만."

"신비하기보다는 운이 좋았다고 하는 것이 맞을 것입니다."

"운이라…… 운으로 자네 같은 무공을 지닌다면 그거야말로 천운이 아니겠나!"

"감사합니다."

"미안하네, 식사를 해야 하는데 내가 쓸데없는 소리를 한 것 같구만, 우선 먹고 난 후에 더 대화를 나누지."

남궁지황이 젓가락을 들자 그제야 모두는 식사를 시작했다.

음식을 천천히 먹던 진무성이 귀에 전음이 들려왔다.

[비밀이라고 했다니 전음으로 노부와 단둘이 대화를 할 수 있겠나?]

[물론입니다. 말씀하십시오.]

진무성은 태연하게 음식을 입에 넣으며 답을 했다.

[자네가 원하는 궁극적인 목표가 있나?]

[지금 제가 행한 모든 일은 계획이 있어서라기보다는 제게 닥친 상황에 쫓겨 어쩔 수 벌어졌다는 것이 맞을 것 같습니다. 하지만 그 덕에 의미 없던 제 인생에서 처음으로 목표란 것이 생겼습니다. 전 저 같이 가난하고 힘이 없다 하여 억울한 일을 당하고 가족을 잃는 사람이 없도록 나쁜 자들을 없앨 생각입니다.]

[무조건 나쁜 자들을 없앤다는 생각이 얼마나 막연한 계획인지는 아나?]

[사실 저도 그래서 이렇게 정파를 찾아다니며 조약이라는 구실로 친분을 쌓으려 하는 것입니다. 그러지 않으면

너무 많은 사람을 죽일 것 같아서요.]

[정파하고는 싸우고 싶지 않단 말인가? 그럼 자네는 스스로 정파라고 생각하는 것인가?]

[아직은 제가 정파라고 말씀은 못 드립니다. 제가 정파와 친분을 가지려 하는 이유는 제가 정파라서가 아니라 정파는 좋은 사람이라는 어떤 분의 가르침 때문입니다.]

[정파라고 다 좋은 사람만 있는 것은 아닌데, 만약 나쁜 짓을 하는 정파인을 만나면 어찌하겠나?]

[제가 죽어야 할 자로 판단하는 데는 제 나름대로의 소신(所信)이 있습니다. 정파인이라도 거기에 반한다면 죽일 것입니다. 하지만 사파와 마도는 제가 찾아다니며 죽이지만 정파는 내 눈앞에서 나쁜 짓을 할 때만 죽일 것입니다.]

[세상에서 가장 위험한 사람 중 하나가 자신의 신념이 뚜렷한 사람이라네. 자네의 그 신념 때문에 무림맹의 공적이 될 수도 있음은 알고 있나?]

진무성은 앞에 놓인 술잔에 술을 따르며 다시 전음을 보냈다.

[저를 적으로 삼는 자들은 누구든 후회할 것입니다. 저는 무림맹에서 그런 우를 범하지 않기를 바랍니다.]

순간 남궁지황의 손이 그대로 멈췄다.

왜 만겁마종에게 느꼈던 공포의 기가 그에게 느껴졌는지를 알 수 있어서였다.

'정파에서 잘하면 엄청난 힘이 될 수 있지만 잘못하면 천하에서 가장 위험한 자가 될 수도 있다.'

남궁지황의 머릿속이 복잡해졌다.

둘이 전음을 나누고 있는 것을 눈치 못 채고 있던 모두가 식사를 멈추고 남궁지황을 쳐다보았다.

갑자기 그가 움직임을 멈췄으니 뭔가 이상함을 느끼지 못한다면 그게 더 의아할 일이었다.

[형님, 왜 그러십니까?]

남궁지웅의 전음에 자신이 실수를 했음을 직감한 남궁지황은 어색한 미소를 지며 말했다.

"오늘 음식이 아주 맛있구나."

상황에 전혀 맞지 않는 말이었지만 감히 그에게 뭐라고 할 사람은 없었다.

* * *

그 시각……

마교의 성지로 알려진 십만대산의 한 곳에서는 매우 심각한 회의가 열리고 있었다.

십팔 계단을 올라가야 도달할 수 있는 연단 위, 커다란 태사의에는 마치 염라대왕이라 해도 믿을 만큼 무시무시한 형상의 한 사람이 앉아 있었다.

 그의 눈은 부복을 한 체 바닥에 머리를 대고 있는 금의를 입은 자를 보고 있었다.

 "모두를 죽이고 무슨 염치로 온 거냐?"

 싸늘한 목소리에 양옆에 도열해 있는 자들도 불안한 표정으로 고개를 숙였다.

 "조금이라도 단서를 찾으려 했습니다."

 "그래서 찾았느냐?"

 "……죄송합니다."

 "그놈의 이름이 뭐라고?"

 "진무성이라고 했습니다."

 "오십부장이라고 했지?"

 "예!"

 "일개 오십부장을 추격해 가서 모조리 죽는 것을 넘어 마교도라는 것까지 들켰다는 것이 말이 되느냐?"

 "죄송합니다. 저도 왜 그런 일이 벌어졌는지 알아내려고 했지만 결국 알아내지 못했습니다."

 "그럼 계속 알아보지 왜 돌아온 것이냐?"

 "무림에서 이상한 일이 벌어지고 있었습니다. 아무래

도 본 교까지 그 여파가 퍼질 것 같아 돌아올 수밖에 없었습니다."

"귀곡신유."

"예!"

"보고서는 받았느냐?"

"예, 금면사자가 그동안 있었던 사건들에 대해 세세히 적어서 올렸습니다. 군사부에서 분석을 해서 곧 보고를 드리겠습니다. 그런데 교주님."

"뭐냐?"

"금면사자의 보고서도 보고서지만 혈사련에서도 서찰이 왔습니다."

"서찰? 설마 파천혈마가 직접 서찰을 보냈다는 것이냐?"

"예, 의논할 일이 있으니 사자들을 보내 달라고 연락을 했습니다."

"우리가 도움을 요청할 때는 콧방귀도 뀌지 않던 놈이 갑자기 연락을 했다…… 무림에 뭔가 심상치 않은 일이 벌어지고 있는 것은 확실한 모양이군."

마교 교주인 구유마종은 잠시 생각하더니 아직 엎드려 있는 금면사자를 보며 말했다.

"금면사자."

"예! 교주님!"

"한 번 더 기회를 주겠다. 군사와 의논을 해서 알아 올 일을 다 알아서 와라. 그리고 혈사련에 가서 무슨 수작을 벌이는 것인지도 알아서 와라."

"존명! 교주님 만세! 만세! 만세!"

죽음까지 각오하고 있던 금면사자는 살았다는 것을 알자 두 손을 공중으로 들어 올리며 소리쳤다.

오백 년 넘게 침묵하고 있던 마교가 드디어 꿈틀대고 있었다.

* * *

식사를 마친 호법전은 화기애애했다.

남궁세가 역시 진무성의 요구를 받아들이건 거절을 하건, 결론과는 상관없이 진무성과 척을 지고 싶지 않았기 때문이었다.

"진 대협."

기회를 보던 남궁백원이 드디어 먼저 입을 열었다.

"예."

"혹시 이미 진 대협과 불간섭 조약을 맺은 곳이 있으신가?"

"불간섭 조약은 아니고 혈맹 관계를 맺은 곳은 있습니다."

"혈맹? 그건 또 무슨 의미인가?"

"남궁세가에 위험이 닥치거나 강호주유중 남궁세가의 제자에게 위험이 닥치면 제가 최우선으로 도움을 주는 것입니다. 물론 남궁세가 역시 간섭을 하지 않는 선에서 그치는 것이 아니라 적극적으로 제 편이 되어 주셔야지요. 제가 위험해지면 당연히 도와 주셔야고요."

진무성의 말에 남궁백원의 얼굴이 살짝 굳어졌다.

지금 무림을 떠들썩하게 하는 창귀가 남궁세가에 위기가 생기면 도와준다는 것은 그들에게 매우 큰 힘이었다.

실지로 이미 도움을 받지 않았던가……

하지만 사파나 마도는 아닐 것이라는 심증을 빼면 그에 대해 아는 것이 거의 전무인 상황에서 적극적으로 그의 편을 든다는 것은 위험 요인이 너무 크다는 것이 문제였다.

하지만 이미 그와 혈맹을 맺은 문파가 있다는 것이 그들 갈등하게 했다.

그가 본 진무성은 거짓을 말할 자는 아니었다. 이미 천하에 알려진 창귀의 동선을 보면 그가 혈맹을 맺었다는 문파가 제갈세가가 분명해 보였다.

천하제일지자 가문이라고 불리는 제갈세가에서 진무성

을 택했다는 것은 그럴만한 이유가 있을 것이 분명했다.

남궁백원이 고심하는 것을 본 남궁지황이 슬쩍 끼어들었다.

"가주."

"예, 숙부님."

"본 가의 가훈이 '정의와 협을 숭상하고 악한 자를 징치한다.'라는 것은 알지요?"

"당연히 압니다."

"그럼 무엇을 주저하시는 거요. 진 대협은 스스로 나쁜 자들을 없애겠다고 했지 않소. 그렇다면 본 가와 지향하는 점이 같다고 할 수 있지 않소?"

"그럼 숙부님께서는 어떻게 하시기를 바라십니까?"

"노부가 바란다고 될 일이 아니지요. 본 가의 모든 사안에 대한 결정은 가주가 하시는 겁니다."

사마지황은 자신의 말때문에 가주의 권위에 누가 될 것을 걱정한 듯 한 발 물러섰다.

"그래도 의견을 주실 수는 있지 않겠습니까?"

"노부는 진 대협과 이왕 관계를 맺는다면 불간섭 조약 같은 소극적인 것보다는 서로 돕고 돕는 혈맹 관계가 좋다고 봅니다."

순간 진무성의 입가에 보일 듯 말 듯한 미소가 그어졌다.

3장

 남궁세가의 지지를 얻는 것은 그의 계획에서 매우 중요한 의미를 가지고 있었다.
 당금 천하에는 백여 곳이 넘는 무림 세가가 있었다.
 그중, 남궁세가와 당가, 제갈세가, 하북팽가 그리고 황보세가는 오랜 전통과 오대세가로 불리고 있었다.
 그 오대세가 중 남궁세가와 당가를 무림 세가들의 수좌라고 칭하는 이유는 그들이 무림 세가에 주는 영향력 때문이었다.
 수많은 무림 문파 중에서 소림파와 무당파를 콕 짚어 태산북두라고 칭하는 점과 일맥상통한 것이었다.
 그중 편협하고 폐쇄적으로 알려진 당가와는 달리 남궁

세가는 구파일방과도 긴밀한 관계를 유지했기에 진무성이 가장 중시한 문파 중 하나였다.

그런데 남궁세가의 최고 어른인 남궁지황이 혈맹을 맺는 것에 호의를 보였으니 진무성에게는 매우 고무적인 일이 아닐 수 없었다.

남궁백원은 남궁지웅과 남궁백상을 쳐다보았다.

"숙부님께서도 의견을 말해 보십시오."

남궁지웅은 즉답을 하지 못했다. 그는 남궁지황의 의견은 대부분 그냥 따르는 법이었다.

하지만 이번 그의 의견은 그의 예상을 무척 벗어나 있었다.

남궁지황은 언제나 매우 보수적인 결정을 해 왔었다.

다른 세력과 혈맹의 관계를 맺는 것은 남궁세가에게 드문 일이긴 했지만 처음 있는 일은 아니었다. 무림맹만 하더라도 혈맹체이기 때문이었다.

문제는 상대가 언제나 정파였다는 것이었다.

더욱이 남궁세가는 집단이었고 진무성은 개인이었다. 둘이 대등한 혈맹 관계를 맺는다는 것은 어불성설이었다.

신중한 표정으로 잠시 머뭇대던 그는 고개를 끄덕였다.

"난 가주의 결정에 그대로 따르겠네."

남궁백원이 남궁지황의 의견을 절대 무시하지 못한다는 것을 아는 그로서는 소극적이지만 찬성이나 마찬가지였다.

"백상 아우는 어떠냐?"

남궁백상은 잠시 생각을 하더니 진무성에게 조심스럽게 물었다.

"진 대협, 제가 이런 말을 드리는 것이 매우 무례한 행동이라는 것은 압니다. 하지만 남궁세가의 군사로서 이렇게 중차대한 일을 결정하기에 앞서, 진 대협께서 진짜 창귀인지는 확인해 봐야 할 것 같습니다."

"하긴 그렇긴 하지요. 그럼 어떻게 해야 믿겠습니까?"

형산파와 제갈세가 때 보였던 것과 같은 방법을 사용하면 쉽게 알릴 수도 있었지만 진무성은 그러지 않았다.

그는 같은 요구를 관철하면서도 설화영이 전해 준 각 문파의 특성에 맞춰 다르게 설득을 하고 있었던 것이다.

진무성이 너무 선선히 받아들이자 남궁백상은 당황한 듯 즉답을 하지 못했다.

그러자 남궁지황이 물었다.

"진 대협."

"예!"

"만약 괜찮다면 나와 비무 한 번 해 볼 수 있겠나?"

예상치 못한 그의 말에 모두는 깜짝 놀란 눈으로 쳐다보았다.

"숙부님께서 직접 나서시는 것은……."

남궁백원의 말에 남궁지황은 미소를 지으며 말했다.

"내가 비무를 안 한 지 꽤 됐지 않나? 오랜만에 몸을 좀 풀어 보겠다는데 가주가 방해하면 되겠나?"

남궁지황은 이번에는 진무성을 보며 말했다.

"비록 늙어 버린 몸이지만, 그래도 왕년에 천룡검신이라고 불렸던 적이 있으니 무시하지는 말게."

"무시라니요? 어르신께서 직접 가르침을 주신다면 말학후배인 저로서는 영광일 뿐입니다."

"하하하! 그렇게 말해 주니 고맙군. 그럼 기다릴 필요가 있겠나? 연무장으로 가세."

남궁지황이 몸을 일으키자 모두는 급히 따라서 일어났다.

* * *

무림맹 맹주 집무실.

맹주인 영세무황 하후광적과 태상호법 다섯 명과 군사

인 제갈장우가 원탁의자에 앉아 있었다.

"제갈 군사, 제갈세가의 가주님께서 보내 주신 그 서찰에 대해서 아는 바가 있느냐?"

"제가 무림맹의 군사가 된 이후 제갈세가와는 개인적인 연락을 주고받은 적은 없습니다."

하후광적은 고개를 끄덕이며 말했다.

"앞에 있는 서찰을 읽어 보게. 제갈 가주님께서 보내신 것이네."

맹주단의 태상 호법들은 이미 서찰을 다 읽고 여러 차례 의견 교환까지 끝낸 후였던 것 같았다.

"가주님께서요?"

"온 지 며칠 됐네. 하지만 제갈 가주님께서 서찰에 적으신 의미를 확실하게 알 수 없어서 군사를 불렀네. 읽어 보고 의견을 말해 보게."

무림맹에 일이 생기면 누구보다도 먼저 사건의 보고서를 받고 분석을 하는 것이 군사인 제갈장우의 주 임무였다.

하지만 제갈세가의 일만은 처음에는 제갈장우를 배제했다. 그가 곤란해진 상황을 만들지 않기 위해서였다.

제갈장우는 조심스럽게 서찰을 펼쳤다. 그리고 천천히 내용을 읽던 그의 표정에 의아함이 나타났다.

'가주 형님께서 친필로 이런 제안을 하셨다고?'

그가 아는 제갈장백은 매우 신중한 사람으로 이렇게 중차대한 일에 자신이 직접 나서는 경우는 없었다.

그것은 비겁해서가 아니라 가주로서 한 마디가 너무도 무겁기 때문이었다.

그런데 창귀를 무림맹에서 쫓는 일을 멈춰 달라니…….

그것은 그가 어떤 행동을 하건 그냥 놔두자는 말과 같았다.

그가 얼마나 많은 살인을 저질렀고 또 그 장소가 제갈세가의 세력권인 호남에서라면 가주가 직접 나서 이런 제안을 하는 것은 매우 부적절한 행동이 아닐 수 없었다.

"군사 생각은 어떤가?"

"무림맹의 군사로서 말한다면 도저히 이해가 되지 않는 서찰입니다. 물론 군사부의 분석에 따르면 창귀의 행사가 잔인하기는 하지만 그에게 죽은 자들은 대부분 악질로 알려진 흑도와 혈사련과 암흑무림의 사파인들입니다. 비록 정파에게 직접적인 피해가 없었고 어쩌면 본 맹에게는 도움이 되고 있습니다만 그의 살상 행위는 정당성을 부여하기에는 너무 잔인합니다."

제갈장우가 말을 멈추자 부맹주인 천조광검이 반문했다.

"그럼 군사는 제갈 가주의 제안에 반대한다는 말인가?"

"당위성은 그렇지만 아직 찬반을 말씀드리기는 어렵습니다. 그럼 제갈 가주님의 아우로서의 의견을 말해도 되겠습니까?"

"말해 보게."

"제가 아는 제갈 가주님은 제갈장산 아우와 의논 없이 이런 의견을 친필로 보내실 분이 아니십니다. 전 가주님과 장산 아우가 의견 일치하에 이런 서찰을 보낸 것이라면 분명 이유가 있을 것이라고 생각합니다."

"아미타불! 그럼 제갈 시주는 어찌했으면 좋겠다고 생각하십니까?"

잠시 고심하던 제갈장우는 결정한 듯 입을 열었다.

"……무림맹의 군사로서 말씀드리겠습니다. 전 제가 가주님의 제안을 한시적으로 받아들였으면 합니다."

"이유는?"

"아직 창귀의 목적을 확실히 모르는 상태에서 정파에서 먼저 그를 자극할 필요가 없다는 가주님의 의견은 옳다고 봅니다. 그리고 가주님께서 친필 서찰을 보내신 것은 제안이 꼭 받아들여지기를 원해서일 것입니다. 만약 본 맹에서 거절을 한다면 가주님의 체면이 많이 손상이 됐다고 생각하실 수도 있습니다."

정파 무림인들에게 체면은 거의 목숨과도 같을 정도로 중요했다.

"제갈 가주께서 제안이 꼭 받아들여지기를 바라시는 이유는 없다고 보시나?"

제갈장우는 즉답을 하지 않았다. 얼굴에는 곤혹스러움이 살짝 나타났다.

그리고 결국 조심스럽게 입을 열었다.

"이건 짐작일 뿐입니다. 하지만 상당히 가능성 있는 추론이라고 생각합니다."

잠시 말을 멈췄던 그는 다시 말을 이어 갔다.

"저는 가주님께서 창귀가 누구인지 알고 계신 것은 아닌가 생각합니다."

정파 제일의 책사답게 그는 서찰 한 통으로 상황을 정확하게 맞추고 있었다.

"군사."

"예, 맹주님."

"군사 말대로 우선 제갈 가주님의 제안을 받아들이겠네. 대신 군사가 직접 제갈세가에 방문을 좀 해 주게."

"직접 말입니까?"

"본 가에 무림맹의 사자로 가는 것이 불편할 수 있다는 것은 아네. 하지만 지금 창귀의 행동은 무림에 너무 큰 부담을 주는 행동을 취하고 있네. 본 맹에서 막기도 부담스럽게 모른 척한다면 비난이 생길 것이야. 군사가 가서 본 맹이 어떻게 행동해야 할지 결론을 찾아오게."

제갈장우는 입술을 굳게 다물고는 머리를 숙이며 말했다.

"내일 일찍 제갈세가로 떠나겠습니다."

그가 어떤 결정을 하고 돌아오느냐는 향후 무림에 매우 큰 영향력을 발휘할 것이 분명했다.

* * *

연무장에 도착한 진무성은 남궁백원을 보며 물었다.

"무기 하나 빌려도 되겠습니까?"

"그러시게."

허락을 받은 진무성은 무기대로 다가가 창을 하나 집었다. 연습할 때 사용하는 아주 평범한 창이었다.

진무성을 창을 몇 번 흔들어 보더니 연무장으로 걸어 들어갔다. 그러지 남궁지황 역시 무기대에서 평범한 검 하나를 집었다.

그에게는 그를 대표하는 천룡검이라는 명검이 있었다.

하지만 진무성이 평범한 창을 택한 이상 자신의 검을 들 수는 없었다.

남궁지황이 앞에 서자 진무성은 공손히 포권을 했다.

"가르침을 받겠습니다."

"노부는 진검을 드는 순간 상대를 봐주지 않는다네. 그러니 조심해야 할게야."

진무성은 고개를 꾸벅하고는 창을 들어 올려 창끝을 남궁지황에게 겨눴다.

하급 군인들도 가장 처음에 배우는 기초적인 자세였다.

하지만 남궁지황은 조금도 방심함이 없이 남궁세가 최고의 검법인 창궁무애검법의 자세를 취했다.

[가주 형님, 숙부님께서 펼치는 창궁무애검법을 보게 되다니 가슴이 뜁니다.]

남궁백상은 매우 기대되는 얼굴로 전음을 보냈다. 남궁세가 최고의 고수이자 백대고수 중에서도 최상위에 올라 있는 남궁지황의 비무를 본다는 것은 남궁세가의 제자들에게는 진짜 영광스러운 기회였다.

하지만 남궁백원이나 남궁지웅은 아무 대답도 할 수 없었다. 그들의 표정은 심각하게 굳어지고 있었다.

진무성이 창끝을 살짝 흔드는 순간 창끝이 노리는 것이 어딘지를 알 수 없었기 때문이었다.

[사숙 저런 창술에 대해 들어 보신 적이 있으십니까?]

남궁백원은 상당히 놀란 듯 남궁지웅에게 물었다.

[양가장의 회마창술이 경지에 오르면 저런 혼란을 준다고 들은 것 같긴한데. 창끝을 보지 않고 있는 우리까지 위협을 느낀다는 것이 이해가 안 가는구나.]

정면을 향해 창을 흔들었는데 창의 영향권에서 벗어나 있는 그들까지 창끝이 자신에게 올지도 모른다는 생각이 든다는 것은 듣도 보도 못한 수법이었다.

"그럼 제가 먼저 공격을 하겠습니다."

진무성은 남궁지황의 배분을 생각해 먼저 공격에 들어갔다.

챙!

진무성의 말이 떨어지기가 무섭게 창과 검이 부딪치는 청아한 소리가 터져 나왔다.

'너무 빨라…… 나라면 막을 수 있었을까?'

보고 있던 남궁백원을 비롯한 모두는 동시에 같은 생각을 했다.

진무성과 남궁지황의 거리는 대략 오 장.

긴 거리는 아니었지만 찰나의 순간에 다가갈 수 있는 짧은 거리도 아니었다.

하지만 그들의 놀라움은 이제 시작이었다.

창과 검의 대결은 정형화된 공식이 하나 있었다. 창을 든 자는 거리를 두려고 하고 검을 든 자는 가까이 다가가려고 하는 것이었다.

 그런데 진무성은 거리에 전혀 상관하지 않았다. 거리가 멀어지면 창의 뒤끝을 잡아 공격을 했고 거리가 짧아지면 창의 중간을 잡아 싸웠다.

 말이 쉽지 그런 창술이 있다는 것조차 아무도 모르고 있었다.

 하나, 이 순간 가장 놀라고 있는 사람은 다름 아닌 남궁지황이었다.

 그의 내공은 거의 삼 갑자에 달했다.

 고작 나무 봉에 창날을 달아 둔 평범한 창과 그의 검이 부딪친다면 당연히 창이 잘려 나가야 했다.

 한데, 마치 쇠끼리 부딪치는 소리가 나며 창에 손상이 전혀 없었던 것이다.

 진무성의 내공이 삼 갑자에 육박하거나, 창에 그조차도 알 수 없는 방법으로 강력한 호신강기를 펼쳤다는 의미였는데 둘 다 진무성의 나이에 할 수 있는 일이 아니었다.

 하지만 그를 정작 경악하게 만든 것은 여전히 진무성의 몸에서 내공의 흔적이 전혀 보이지 않고 있다는 점이었다.

더구나 지금 그가 펼치는 남궁세가의 창궁무애검은 변화가 많으면서도 속도가 빨라 강호에서도 인정하는 절기였다.

무공이 절대적인 경지에 오르지 않고는 명호에 검신이라는 단어가 들어갈 수 없었다. 그런 그의 검을 진무성은 속도가 느린 창으로 완벽하게 막아 내고 있었다.

가히 완전하다 할 수 있는 후발선제의 묘리였다.

초수가 길어질수록 모두의 표정도 변해 갔다.

진무성이 실지로 전력을 다하지 않고 있다고 느껴졌기 때문이었다.

천하에 누가 있어 전력을 다하지 않으면서 남궁지황과 대등한 비무를 벌일 수 있을까……

그들이 아는 한 무림에서 그런 무공을 지닌 사람은 손에 꼽을 정도였다.

그때, 갑자기 남궁지황이 공격을 멈췄다.

"진 대협, 노부는 평생을 싸워 왔다네. 그런데 자네가 전력을 다하지 않는다면 그것은 노부의 명예를 더럽히는 것이 될 수도 있다는 사실을 아시는가?"

그의 말을 들은 진무성은 공손히 포권을 하며 말했다.

"생사결이 아닌 비무에서 전력을 다한다는 것이 어르신께 무례한 행동이라고 생각했습니다. 그런데 어르신 말씀을 들으니 제가 생각을 잘못한 것 같습니다. 이제 저도 전력을 다할 것이니 어르신께서도 전력을 다해 주십시오."

남궁지황의 눈에 감탄 빛이 나타났다.

자신 역시 전력을 다하고 있지 않다는 것을 진무성도 이미 알고 있었기 때문이었다.

"그러지."

순간 남궁지황의 몸 주위에 아지랑이 같은 기가 피어오르는가 싶더니 곧 강력한 기가 뿜어져 나왔다.

남궁세가 최고의 신공인 천뢰제왕신공이었다.

진무성의 표정이 변했다.

그의 얼굴에 떠오른 것은 놀라움도 두려움도 아니었다.

그것은 희열이었다.

동시에 그의 몸에서도 기가 뿜어져 나오기 시작했다.

그리고 종전과 달리 진무성과 남궁지황의 움직임이 빨라지기 시작했다.

'허허, 형님의 천뢰제왕신공을 다시 보게 되다…….'

예전 강호를 종횡하며 마도를 떨게 하던 남궁지황의 모습을 오랜만에 본 남궁지웅은 자랑스러운 듯 흐뭇한 미소를 지었다.

하지만 그의 미소는 곧 사라졌다.

진무성과 남궁지황의 움직임이 그의 눈으로도 따르지 못할 정도로 빨라졌기 때문이었다.

'으으윽…… 도대체 저자의 정체가 무엇이기에?'

보고 있던 남궁백원의 눈에는 의문이 떠올랐다.

그가 창귀라는 것은 이미 알고 있었다. 그런데 왜 정체가 무엇인지가 궁금할까……

진무성의 무공이 무림 십대고수로 손꼽히는 남궁지황과 맞먹을 줄은 상상도 못했기 때문이었다.

쾅!

연무장의 중심에서 커다란 폭음이 울렸다.

그리고 둘의 신형이 떨어졌다.

진무성의 창과 남궁지황의 검은 박살이 나 있었다.

"어르신의 가르침 덕에 정말 많이 배웠습니다."

"아닐세, 진 대협 덕에 장강후랑최전랑(長江後浪催前浪)이라는 말을 확실히 각인할 수 있었네."

"아닙니다. 저야말로 어르신 덕에 시야가 크게 넓어졌습니다."

진무성의 얼굴에는 미소가 떠올랐다.

고윤과 싸울 때도 알 수 없는 희열을 느꼈지만, 당시는 워낙 그가 밀렸기 때문에 완전히 만끽할 수는 없었다.

하지만 남궁지황과의 결투는 그에게 강한 상대와 싸우는 것이 얼마나 큰 희열을 주는지 온전히 느낄 수 있었기 때문이었다.

"백상아, 이제 진 대협이 창귀라는 것을 안정하겠느냐?"

고개를 끄덕인 남궁지황은 남궁백상을 보며 물었다.

"원래부터 믿고는 있었습니다. 다만 군사로서 확실히 하는 것은 제 의무라서…… 진 대협 죄송합니다."

"아닙니다. 당연히 하실 일을 하셨다고 생각합니다."

"진 대협, 절대로 오해하지 마시고 들어 주십시오."

남궁백상은 그래도 마지막 확인이 필요한 듯 조심스럽게 입을 열었다.

"말씀하십시오."

"진 대협께서는 창을 주무기로 사용하시는 것 같은데 싸울 때만 창을 준비하시는 것입니까?"

"백상아!"

무림인에게 사용하는 무기에 대해 묻는 것은 무공을 묻는 것과 마찬가지로 금기시 되는 일이었다.

남궁백원 역시 너무 과하다는 생각이 들었는지 질책하듯 소리쳤다.

"아닙니다. 혈맹의 관계까지 맺을 사이에 확실하게 하

시고 싶은 대협의 마음을 이해합니다."

말을 마친 진무성의 손에 갑자기 창이 나타났다.

마치 기문둔갑을 보는 듯했다.

"아니, 그게 어디서 갑자기?"

모두는 어리둥절한 표정으로 진무성이 잡고 있는 창을 쳐다보았다.

중앙에서 양끝으로 갈수록 좁아지는 모양으로 분명 창이 분명했지만 여느 창과는 확연히 달랐다.

그그렇게 잠깐 사이 다시 창은 사라졌다.

그 모습을 보며 모두는 더 이상 진무성이 창귀라는 사실을 의심하지 않았다.

* * *

언제나처럼 천성실에 앉아 있던 사공무경은 고개를 들어 하늘을 올려다보았다.

하늘이 가장 어두운 그믐날.

오늘은 유난히 맑은 덕에 하늘의 별들이 어느때 보다도 선명하게 많이 보였다.

"도대체 저놈이 누구이길래 천기에 전혀 없던 놈이 갑자기 나타나 저렇게 발전을 해 나간단 말인가?"

사공무경은 하늘 한쪽에 반짝거리는 별 하나를 보며 믿기지 않는다는 듯 중얼거렸다.

 물론 천기에는 영웅이나 마옹의 탄생을 알리는 별이 갑자기 나타나는 경우는 많았다.

 그러한 것들을 미리 알 수 있던 그는 천기를 타고난 아기들 중 마기나 살기를 타고난 아기는 데려와 특별 수련을 시킨 후, 자신에게 충성을 하도록 완전 세뇌를 시켰고, 영웅이 될 아기는 아예 죽여 버렸다.

 그에게 저항할 자들이 생길 여지를 완전히 막아 버린 것이었다.

 그가 실패한 것은 현무신녀궁에서 태어난 여자아이 하나를 놓친 것뿐이었다. 하지만 조금의 변수도 용납하지 않는 그의 완벽성 때문에 설화영을 죽이려 한 것이지 그녀가 두렵거나 한 것은 아니었다.

 하지만 지금 그가 보는 별의 주인은 달랐다.

 탄생의 징조도 전혀 보이지 않았고 어디에 있는지조차 알 수 없었다. 거기다 처음 나타난 후, 밝아지는 속도가 너무 빨랐다.

 "모든 것이 완벽했거늘…… 설마 그놈들이? 아니야, 그놈들도 더 이상 내 일을 방해할 수는 없어."

 그런데 그놈들이 누구를 말하는 것일까? 그의 말투로

미루어 무림맹이나 다른 거대 무림 세력을 지칭하는 것 같지는 않았다.

쿵!

주먹으로 탁자를 친 사공무경은 자리에서 일어났다. 그리고 밖을 향해 소리쳤다.

"정운이 있느냐?"

"예! 가주님."

"초인동에 가 봐야겠다."

정운은 초인동이라는 말에 긴장한 표정을 지었다.

그가 초인동에 간다는 것은 그의 마음이 뭔가 불편하다는 의미였기 때문이었다.

"초인동에 가주님께서 가신다고 연락을 하겠습니다."

"그냥 가자."

말을 마친 사공무경이 그대로 밖으로 나가자 정운은 고개를 갸웃하며 급히 그의 뒤를 따라갔다.

오늘 사공무경의 행동은 그가 한 번도 보지 못한 특이한 모습이었기 때문이었다.

* * *

남궁세가를 나온 진무성의 얼굴은 상당히 편해 보였

다. 설화영은 설득이 가장 어려운 문파로 소림파와 무당파 그리고 남궁세가와 당가로 지목했었다.

그중, 남궁세가와 친분을 넘어 혈맹 관계까지 맺었으니 그로서는 최고의 성과가 아닐 수 없었다.

'영 매가 직접 찾아와 내게 힘을 주더니 확실히 일이 잘 풀리는 것 같군.'

진무성은 합비까지 오는 동안 설화영과 함께 지낸 며칠이 마치 꿈만 같았다.

그를 언제나 짓누르는 슬픔과 괴로움 그리고 고통이 그녀만 만나면 싹 치유가 되는 것 같았다. 태어나서 처음으로 행복을 주는 사람이 사랑하는 여인이라는 것은 그에게 최고의 행운이었다.

천천히 걷던 진무성은 옆에 작은 골목이 보이자 그 안으로 빠르게 방향을 바꿨다.

그러자 두 명의 장한이 당황한 듯 그 뒤를 따라 골목길로 들어갔다. 하지만 골목에는 이미 아무도 보이지 않았다.

두 장한은 서로를 한 번 보더니 고개를 갸웃하며 사라졌다.

어떤 세력에 속한 자들인지는 알 수 없었지만 남궁세가를 감시하는 자들이었다.

평범해 보이는 진무성이 남궁세가에 들어간 후, 하루를 보내고 나오자 누구인지를 알기 위해 뒤를 밟은 것이었다.

'사방에 눈이 있어…… 저자들만이 아니라 다른 세력들도 내 얼굴을 봤을 지도 모르겠군.'

그들이 사라지자 벽에서 튀어나오듯 모습을 드러낸 진무성은 조금 더 주위를 살펴야겠다는 생각이 들었다.

* * *

개방의 합비 분타.

분타주 대명개는 지금 평소보다 더욱 긴장하고 있었다.

하늘같은 수석 장로와 장로가 같이 나타났기 때문이었다.

"분타주."

"예! 장로님."

"합비는 분타 중에서도 가장 물이 좋은 곳인 거 알지?"

"예? 그, 그렇습니까?"

"몰랐어? 그럼 감숙이나 운남 쪽으로 보내 줄까?"

"아, 아닙니다. 합비가 물 좋은 곳이 맞습니다."

"그래? 그런데 왜 대접이 이러냐?"

둘의 앞에는 동냥 받아 온 것이 분명한 여러 음식을 비벼 놓은 지저분한 그릇이 놓여 있었다.

"죄, 죄송합니다. 곧 다른 음식으로 준비하겠습니다."

"됐다. 구룡 장로가 장난한 거니까 그만 나가 봐라."

"감사합니다!"

대명개가 살았다는 듯 나가자 천원신개는 구룡신개를 보며 물었다.

"그렇지 않아도 바짝 얼어 있는 아이한테 왜 그래?"

"저도 좀 긴장돼서 그랬습니다. 죄송합니다."

[긴장까지 하셨다니 정말 죄송합니다. 시간에 맞춰 온다고 왔는데 어르신들이 먼저 와 계실 줄은 몰랐습니다.]

그때 그들의 귀를 파고드는 전음에 천원신개와 구룡신개는 서로를 쳐다보더니 벌떡 일어섰다.

동시에 둘은 주위를 살피기 시작했지만 아무도 찾을 수 없자 허찰한 표정으로 다시 자리에 앉았다.

둘이 같은 시각 전음을 들었다는 것은 창귀가 그들의 위치를 정확히 파악하고 있다는 의미였다. 하지만 둘은 창귀의 위치를 찾을 수 없으니 전음을 보낼 수 없었다.

[그냥 두 분이 대화를 나누는 식으로 말씀하시면 제가 들을 수 있습니다. 그러니 편하게 말씀하십시오.]

이어지는 전음에 둘의 얼굴은 살짝 일그러졌다.

분명 공손한 말투였지만 자존심이 상하는 것까지 막을 수는 없었기 때문이었다.

"창귀가 분명하시오?"

천원신개는 어쩔 수 없이 그냥 물었다.

[제가 스스로 칭한 것은 아니지만 그렇게 부르고 있더군요.]

"구룡 사제에게 그쪽이 말한 것에 대해 방주님과 최고 간부들이 의논을 했소이다. 노부에게 좀 더 자세히 창귀 대협의 진의를 설명해 주실 수 있겠소?"

[지금 말씀하시는 어르신은 누구십니까?]

"난 개방의 수석 장로인 천원신개라 합니다."

[결정권이 있으십니까?]

"방주님께 전권을 받아서 왔소이다."

전권을 받아 왔다는 말에 진무성의 입가에 미소가 서렸다.

거절할 생각이라면 굳이 전권까지 받아서 수석 장로가 직접 올 이유가 없다는 판단 때문이었다.

4장

[진의라고 하시니 허심탄회하게 말씀드리겠습니다…….]

진무성이 자신의 계획을 천천히 말하자 천원신개의 표정이 굳어졌다.

창귀가 이미 저질렀던 여러 사건들에 대해 그들이 잘 알고 있지 않았다면 '미친놈'이라고 생각하기 딱 좋은 계획이었다.

"지금 전 무림을 상대로 싸우게 될 수도 있다는 생각은 안 보셨소?"

[그러지 않기 위해 이리는 것이 아니겠습니까? 정파까지 저를 적으로 돌리신다면 그땐 진짜 천하가 피바다로 변하게 될지도 모릅니다. 다행히 이미 저와 친분을 갖게 된

정파가 이제 제법 됩니다. 혈맹이 된 곳도 있으니까요.]

천원신개는 진무성의 말이 절대 허세가 아니라는 것이 느껴졌다.

'설마, 이미 우리에게 내건 요구를 받아들인 문파가 있다는 말인가?'

천원신개는 고심하는 눈으로 구룡신개를 슬쩍 쳐다보았다. 너도 창귀의 전음을 듣고 있느냐고 묻는 눈이었다.

수십 년을 함께 지내 온 그들답게 구룡신개는 눈빛만으로도 그가 무엇을 묻는 지 알아듣고는 고개를 끄덕이며 입을 열었다.

"제가 대협께 말씀드렸다시피 본방은 모든 제자가 죽는다 해도 불의에 동조할 수는 없소이다. 그것은 본파의 개파조사이신 개조(丐祖)께서 반드시 지켜야 할 훈요(訓要)로 후대에 남긴 것이오."

[개방에서 말하는 불의는 어떤 것을 말하는 것입니까? 혹시 두 분께 알려 드린 제 계획에 불의한 것이 있다면 말씀해 주십시오.]

"지금까지 대협께 죽은 자들이 몇 명이나 되는지 아십니까? 아무리 나쁜 자들일지라도 그런 무차별적인 살인은 불의입니다."

말하는 구룡신개의 얼굴에는 갈등이 가득했다.

창귀의 심기를 최대한 거스르지 않으려 결심을 하고 왔거늘 지신도 모르게 또 입바른 소리를 했기 때문이었다.

하지만 그에게는 칼밥을 먹고 사는 무림인이었지만 살인은 최소한으로 해야 한다는 나름의 신념이 있었다.

[한 명의 악인을 죽임으로 열 명, 백 명의 힘없는 양민들을 구할 수 있다면 전 그게 정의라고 생각합니다. 그리고 그것은 저와 개방 간에 서로 누가 틀렸냐의 문제가 아니라 정의에 대한 생각이 조금 다른 것뿐이라고 생각합니다. 어차피 정의를 추구하는 마음은 같으니까요.]

구룡신개가 다시 말을 받으려 하자 천원신개가 손을 들어 입을 막고는 정중하게 물었다.

"창귀 대협, 서로의 신뢰를 위해 얼굴을 마주 보고 대화를 나누었으면 하는데 가능하겠습니까?"

[다른 문파를 찾아갔을 때는 제가 직접 만나 얼굴을 마주 보며 대화를 했습니다. 하지만 개방의 어르신들에게는 이렇게 무례한 행동을 하고 있습니다. 그 이유가 무엇이라고 생각하십니까?]

"……설마, 본 방을 믿지 못한다는 말이오?"

천원신개는 약간 뜨끔한 표정으로 반문했다.

신의를 최고로 여기는 개방은 협을 중시하는 정파로 알려져 있지만 모순적이게도 배신자와 간세가 가장 많은 문파이기도 했다.

 그럴 수밖에 없는 것이 우선 방도 수가 십만에 달했고 거지 생활을 하기 때문에 금전적인 유혹에 빠지는 경우도 많았기 때문이었다.

 더구나 개방은 여느 다른 문파들보다 파벌이 많았다. 간세가 아니더라도 다른 파벌을 견제하기 위해 정보를 유출하는 경우도 많았던 것이다.

 [구룡신개 어르신 같이 신념에 가득 찬 고지식한 분들이 개방에 있는데 제가 어떻게 개방을 믿을 수 있겠습니까? 꼭 간세나 첩자만이 위험한 것은 아니라고 봅니다.]

 "그럼 어떻게 진정성 있는 신뢰를 얻겠습니까? 이런 거래를 하려면 서로 간의 믿음이 없이는 불가능하다는 것을 알지 않습니까?"

 [전권을 받아오셨다고 하지 않으셨습니까? 전 개방과의 친분이 매우 중요합니다. 안 그러면 제가 너무 많은 사람을 죽일 수도 있기 때문입니다.]

 "무슨 의미입니까?"

 [다른 문파와 달리 개방은 천하에 없는 곳이 없습니다. 그리고 정보망과 감시망은 무림의 어떤 세력도 따르지 못할 정도로 촘촘하지요. 그렇다면 제가 가는 곳마다 개방과 마주칠 수도 있지 않겠습니까?]

"지금 본 방을 협박하시는 게요?"

천원신개의 목소리가 급격하게 싸늘해졌다.

[개방은 황조가 바뀌어 역모로 몰리는 상황에서도 아닌 것은 아니라고 말하는 문파로 알고 있습니다. 그런 개방에게 협박이 통할 거라고는 전혀 생각하지 않습니다. 다만 제가 계획을 이행해 나가는 데 친분이 없는 사람이 참견을 한다면 제거해 나갈 것이라는 것을 말씀드린 것입니다.]

무력으로만 따진다면 개방을 능가하는 혈사련과 암흑무림까지 가차 없이 제거한 창귀였다. 하물며 개방은 정예로 불리는 천강개를 빼면 분타의 제자들은 이류급의 무공을 지닌 자들이 대부분이었다.

천원신개는 방주인 천중신개가 자신에게 왜 그런 당부를 했는지 알 수 있었다.

자신의 신념과 개방의 제자들의 안전 중에서 더 피해가 덜한 것이 무엇인지를 객관적으로 판단해 달라는 의미였던 것이다.

'이자를 이대로 보낸다면 이후 엄청난 피해를 받을 수 있다. 하지만 요구를 받아들이면 이자가 벌이는 혈겁을 방조하는 것이 될 수 있다.'

천원신개의 얼굴은 갈등으로 심하게 구겨졌다. 구룡신개 역시 그의 생각을 짐작한 듯 표정이 안 좋았다.

[사형, 죄송합니다. 제가 또 경솔한 발언을 한 것 같습니다.]

구룡신개의 전음에 천원신개는 아니라는 듯 고개를 젓고는 결정한 듯 말했다.

"불간섭 조약은 받아들이겠습니다. 하지만 친분을 갖거나 혈맹으로 더 나아가기 위해서는 서로 간의 진정성 있는 대화가 더 필요할 것 같군요."

"사형?"

갑작스러운 천원신개의 결정에 구룡신개는 놀란 듯 쳐다보았지만 어차피 그 역시 반대할 마음은 없었기에 더 이상 말은 하지 않았다.

[어르신의 방금 하신 말을 개방의 공식적인 결정으로 받아들여도 되겠습니까?]

"노부가 방주님께 전권을 받아 왔다고 이미 말씀드렸습니다."

[압니다, 다만 매우 힘든 결정일 텐데 예상보다 빨리 결정하셔서 다시 물은 것뿐입니다.]

"대협의 목적이 나쁜 자들을 없애는 것이라면 방법은 좀 다르지만 개방의 신조와도 부합된다고 생각합니다."

[전 지금 분타에서 일 마장 정도 떨어진 가홍산 중턱에 있는 관제묘에 있습니다. 지금 오시면 저랑 얼굴을 보고

대화를 나누실 수 있습니다.]

'일 마장?'

천원신개와 구룡신개는 믿기지 않는다는 얼굴로 서로 쳐다보았다.

특정한 사람에게만 들리도록 전음을 보내기에는 일 마장은 터무니없이 먼 거리였기 때문이었다.

하지만 놀라고만 있을 수는 없었다.

"가자."

천원신개는 기다릴 필요 없다는 듯 구룡신개에게 말하고는 그대로 몸을 날려 사라져 버렸다.

천원신개와 구룡신개가 사라진 방에 대명개가 김이 모락모락 나는 오리구이 한 마리를 접시에 담아 들어왔다.

천원신개는 장난이라고 했지만 그로서는 쉽게 흘려 보내지 못하고 급히 아끼던 오리 한 마리를 잡아 온 것이었다.

그리고 곧 그는 뒤통수를 손으로 긁으며 어리둥절한 표정으로 중얼거렸다.

"어디 가셨지? 역시! 장로님들은 우리와는 차원이 다르시군……."

그들이 있던 분타주 집무실은 분타의 정중앙에 위치해 있어 주위의 제자들이 항시 보고 있어서 이렇게 사라진다는 것은 그로서는 엄두도 낼 수 없는 일이었기 때문이었다.

대명개는 따뜻한 오리고기를 보며 아까운 듯 입맛을 다셨다.

* * *

주루에 앉아 턱을 손에 받친 채 밖을 쳐다보던 청년은 한 노인이 앞에 앉자 무심한 표정으로 물었다.

"어때요?"

"궁주님 말씀대로 천하에 혈풍이 불 조짐이 사방에 나타나고 있었습니다."

"검노."

"예!"

"검노는 지금 나타나는 혈풍의 조짐이 창귀라는 자 때문이라고 생각하세요?"

"아닙니다. 본 궁에서는 이미 삼십 년 전부터 무림에 거대한 위험 세력이 있다는 것을 감지하고 계속 조사를 하고 있었습니다. 다만 창귀 그자가 도화선에 불을 붙인 것은 사실입니다."

"아버님 말씀이 창귀란 자는 전혀 예상하지 못한 변수라고 하던데 검노는 그자에 대해 어떻게 생각하세요?"

"사실, 궁주님의 예상치 못한 변수라는 말이 맞기는 합니다. 하지만 변수라고 치부하기에는 그 움직임이 예사롭지 않다는 것입니다. 나타난 시기도 그렇고 그 무공 역시 갑자기 툭 튀어나오기에는 너무 높습니다. 그러나 더욱 그자의 정체가 의심스러운 점은 그자의 정체가 아직도 오리무중이라는 사실입니다."

"그게 왜요?"

"개방과 무림맹이 직접 나섰습니다. 혈사련은 아예 그자를 잡기 위해 무력대까지 출동시켰지요. 암흑무림과의 관계는 아직 알아내지 못했지만 그들 역시 창귀를 찾는 것은 분명합니다. 이 정도면 전 무림이 찾는다 해도 과언이 아닌데 여태껏 알아내지 못했다는 것은 심히 의아한 일입니다."

"심지어 본 궁에서도 그자가 누구인지 짐작도 못하고 말이에요. 그렇죠?"

"창귀에게 죽은 자들의 시신을 조사한 바에 따르면 그자의 무공과 마교의 무공 사이에 일치하는 점이 너무 많았다고 합니다."

"마교도라는 말인가요?"

"아닙니다. 상처는 유사한데 마기가 전혀 감지되지 않았습니다. 마공을 쓰는 데 마기는 없다. 정말 이상하지 않습니까?"

"그래서 제가 온 거잖아요."

"그런데, 사건은 호남에서 벌어졌는데 안휘로 오신 이유가 무엇이신지요?"

그녀가 하는 행동에는 이유가 있을 것이라는 믿음을 가진 검노였지만 이번 동선만은 이해가 안 가는지 결국 묻고 말았다.

더구나 아무런 움직임 없이 합비에서 하루를 보낸 것도 의아했다.

"그럴 이유가 있어. 이틀 안에 호남으로 돌아가야 하니까 배 좀 알아보고 있어."

"알겠습니다."

검노가 천천히 주루를 벗어나자 청년은 다시 시선을 창밖으로 돌렸다.

진무성이 탄 배가 중간 기착지 포구에 도착했을 때, 그는 호남으로 가는 배를 기다리고 있었다.

그때 그의 눈에 면사로 얼굴을 가린 여인과 배 난간에 서서 다정하게 대화를 하는 진무성이 들어왔다.

포구에는 수백 명에 육박하는 사람들이 배를 승선과 하선을 계속하고 있었고 포구 주위에는 수십여 개의 주루와 노상점들이 즐비했다.

그 많은 사람들 사이에서 진무성의 모습이 그의 눈에 들어온 것을 그는 하늘이 준 인연이라고 생각하고 있었다.

그의 말대로라면 하늘이 준 인연이 지금도 포구에서는 연달아 일어나고 있을 것이었다.

극히 주관적인 인연을 접한 그는 무엇엔가 이끌린 듯 진무성이 타고 있는 배에 올라탔다. 그러나 사라진 진무성과 여인은 다시 모습을 감추었고 이틀 동안 모습을 드러내지 않았다.

결국 포기하고 호남으로 가는 배로 갈아타려고 준비를 하고 있을 때, 삼경이라는 어두운 밤에 그토록 만나려고 했던 진무성을 발견한 것이었다.

하지만 진무성은 예상보다 더 강하게 그를 밀어냈다.

다른 사람에게 그런 식의 푸대접을 받는다는 것은 상상도 못하고 자란 그에게 진무성의 행동은 매우 위험한 짓이었지만 그는 그 모습이 더욱 신선했던 것 같았다.

가기 전에 다시 한번 보고자 그가 내린 합비에 따라 내린 것이었다.

그런데 합비에 내리고 하루가 지났지만 그는 진부성을 찾을 수 없었다.

그는 호감을 느끼던 진무성에게 강한 의구심이 피어올

랐다.

 그의 추적을 이렇게 쉽게 따돌릴 수 있는 사람이 있을 수 없다는 것이 바로 그이유였다.

 이유는 달랐지만 진무성의 뒤를 쫓는 새로운 인물이 추가되는 순간이었다.

* * *

 어둡고 축축한 계곡 입구에 건조된 가흥산 관제묘는 지금은 귀신이 나온다는 소문이 돌 정도로 폐허가 되어 있었다.

 오랫동안 손을 안 탄 것인지 지붕은 반 이상 내려앉았고 주위는 잡목과 잡풀이 우거져 걷기조차 어려울 정도였다.

 "귀신이 나온다는 소문이 있더니 소문이 아니라 진짜 나올 것 같은데? 창귀(槍鬼)라고 불리더니, 귀신이 있는 곳을 찾은 것인가……."

 천원신개는 주위를 살피고는 창귀가 이곳을 택한 이유를 알 것 같았다.

 "빨리 오셨군요?"

 갑자기 뒤에서 들려오는 소리에 둘은 깜짝 놀라 몸을

돌렸다.

'이렇게 가까이 올 때까지 몰랐다니……'

천원신개와 구룡신개는 뒤에 나타난 한 청년을 보며 두 번 놀랐다.

하나는 그가 바로 뒤에 나타날 때까지 전혀 눈치를 채지 못했다는 것이었고 또 하나는 너무 젊었기 때문이었다.

"혹시 창귀 대협?"

천원신개의 반문에 진무성은 공손히 포권을 하며 말했다.

"진무성이라고 합니다. 창귀라고 부른다고는 하는데 제가 지은 명호는 아니라 입에 담기는 좀 그렇습니다. 사문이나 사부님은 없고, 아직 정파인지 마도인지 정확히 저를 정의하지 못하고 있습니다. 하지만 사파는 분명 아닙니다."

정파인들이 만나면 언제나 묻는 것을 먼저 말해버리는 진무성을 보며 둘은 어리둥절한 표정을 지었다.

첫 인사에서 이렇게 자신에 대해 설명을 하는 사람은 없기 때문이었다.

"개방의 수석 장로인 천원신개요. 그리고 이쪽은 장로인 구룡신개."

"먼저 저번 만남에서 구룡 선배님께 제가 무례하게 행동한 것에 대해서는 사과드리겠습니다."

"본 개도 잘한 것은 없으니 사과까지 할 일은 아니라고 생각하오."

"아닙니다. 제가 개방의 총단을 찾아 방주님을 직접 뵙고 의논을 했어야 했습니다. 하지만 하남까지 갈 시간은 없고, 구룡 장로님에 대해 잘 모르는 상황에서 장로님께서 어떤 생각을 가지신 분인지 알 수가 없어, 좀 무례하게 대할 수밖에 없었습니다."

"그럼 실망하셨겠구료?"

구룡신개는 진무성과 헤어질 때, 자신에게 싸늘하게 대했던 것이 여전히 마음에 걸린 듯했다.

"아닙니다. 오히려 정의에 대한 자신의 신념을 끝까지 지키시는 어르신의 성정에 감탄했습니다."

뜻밖의 말에 구룡신개는 가슴이 두근거리기 시작했다.

"그렇게 말씀해 주시니 마음이 한결 가벼워집니다."

"저쪽에 자리를 만들어 놨습니다. 거기에 가서 대화를 하시지요."

관제묘 옆쪽으로 둘을 안내한 진무성이 방금 손을 본 듯 깨끗하게 만들어진 공터에 바위 세 개 둥그렇게 놓여 있자 눈이 살짝 커졌다.

그들을 놀라게 한 것은 바위였다. 단단한 화강암으로 이루어진 바위는 의자처럼 아주 매끈하게 잘려져 있었다.

 바위를 부수는 것은 그들도 얼마든지 할 수 있는 일이었다. 하지만 바위를 사람이 앉을 수 있도록 사각형으로 마치 나무를 대패질한 듯, 매끈하게 자르는 것은 그들에게는 결코 쉬운 일이 아니었다.

 "노부들을 위해 준비해 놓으신 겁니까?"
 "갑자기 준비하느라 제대로 된 장소에서 모시질 못했습니다."

 둘은 허탈한 표정으로 자리에 앉았다.

 수십 년을 수련하고 수많은 생사결을 승리하면서 정말 힘겹게 지금의 위치까지 왔는데 너무 젊은 나이에 자신들을 능가하는 무공을 지니고 자신들을 압도하는 여유로움까지 보이는 진무성의 모습에 자괴감이 들었기 때문이었다.

 "어르신께서 불간섭 조약을 받아 주신다고 하셨으니 이제 좀 더 자세한 대화를 할 수 있을 것 같습니다. 우선 제게 묻고 싶으신 것이 있으시면 말씀해 보십시오. 제가 답할 수 있는 것은 성실히 답해 드리겠습니다."

 전음으로 대화를 나눌 때와는 완연히 다른 예의 바른

행동과 말투에 천원신개와 구룡신개는 한결 편해진 표정으로 질문을 시작했다.

"진 대협께서 평화롭던 무림에 갑자기 혈겁을 일으키시는 이유를 알 수 있겠습니까?"

"제가 답하기 전에 말을 좀 편히 해 주십시오. 노선배님들께 존댓말을 들으니 제가 좀 불편합니다."

"무림은 나이보다 배분과 무공이 더 중요합니다. 진 대협께서 사문이 없다 하니 배분을 따질 수는 없고, 나이가 어리긴 하지만 이미 무공이 노부들보다 높으니 존대를 받을 자격이 충분히 있습니다."

"……어르신께서 그렇게 말씀하시니 받아들이겠습니다. 제가 혈사련과 암흑무림의 사람들을 죽인 이유는……."

진무성은 사적인 원한에서 시작된 일이 점점 커질 수밖에 없었던 이유에 대해 자세히 설명했다.

천원신개는 진무성에게도 그럴 만한 사연이 있었다는 것에 이해를 한다는 듯 고개를 끄덕이며 조심스럽게 말했다.

"진 대협이 이러시는 이유는 어느 정도 납득이 갑니다. 그런데 이제 원한을 갚았으면 그만하시는 것이 좋지 않겠습니까?"

"제가 강호행을 하다 보니 무림인이 필요악이라는 판

단이 들었습니다. 필요악이라고 하는 것은 아무리 좋은 이유를 갖다붙인다 해도 양민들에게 무림인은 자신들을 괴롭히고 언제든지 죽일 수 있는 공포의 존재더군요. 허나, 관의 힘이 미치지 않는 곳이 너무 많아 무림인들마저 없다면 오히려 치안이 엉망이 될 수밖에 없다는 판단을 하였습니다."

"그래서 혈사련과 암흑무림과는 지금처럼 계속 제거해 나갈 생각인 겁니까?"

"정파들도 양민들에게 끼치는 손해가 상당했지만 그래도 정파의 세력권 안에서 사는 양민들은 비교적 안전을 느끼고 산다는 것을 알았습니다. 사파의 세력권 안에 있는 양민들과는 비교 불가일 정도로 잘살고 있었기에 정파는 두고 다른 자들은 제거하겠다는 생각을 한 것입니다."

"그럼 진 대협께서 말씀하시는 불간섭 조약이란 어떤 것을 말하십니까?"

"불간섭 조약은 말 그대로 서로를 간섭하지 않는 것입니다. 저를 공격하거나 방해하는 일만 없다면 저 역시 개방이 무슨 짓을 벌이건 모른 척할 것입니다."

한마디로 아예 아는 척도 하지 말자는 의미였다.

"그럼 친분을 갖는 것과 혈맹관계를 맺는 것에 대한 차이는 무엇입니까?"

"친분은 심정적으로 서로 돕는 사이가 되는 것이지요. 저에 대한 안 좋은 말이 나올 경우 저를 위해 반박도 해 주시고 저를 적대시하는 분들이 있으면 변명도 대신해 주시면서 우호적으로 바꿔 주시는 것입니다."

"……."

천원신개와 구룡신개는 진무성의 말에 즉답을 하지 못했다. 진무성은 태연하게 말했지만 그것이 얼마나 어려운 일인지를 노회한 둘은 잘 알고 있었기 때문이었다.

진무성은 그들의 생각을 아는지 모르는지 말을 이어 갔다.

"혈맹은 말 그대로 피로 맺어지는 관계입니다. 만약 누군가 개방을 공격한다면 저를 공격한 것이 됩니다. 당연히 그들은 저까지 상대해야 합니다. 물론 제가 누군가에게 공격을 받는다면 개방에서도 저를 도와야 하겠지요."

천원신개의 입에서는 침음성이 흘러나왔다.

전권을 받았지만 친분이나 혈맹을 맺는 것에 대해서는 자신이 결정한다는 것이 너무 부담스러웠기 때문이었다.

"친분이나 혈맹을 맺는 것은 개방에게는 상당한 부담이 될 수 있다는 것을 압니다. 그러니 좀 더 의견을 나누신 후에 연락을 주십시오. 전 어르신께서 불간섭 조약을 허락하신 것만으로도 만족하고 감사합니다. 연락은 저번

처럼 악양 분타에 깃발을 올리는 것으로 하시면 됩니다."
 구파일방의 일원이자 천하제일방으로 불리며 무림맹에서도 영향력이 매우 큰 개방과 엄청난 거래를 하는 와중이었다.
 한데 오히려 주도권을 잡고 대화를 하는 진무성의 모습에 천원신개와 구룡신개는 자신도 모르게 감탄사가 터져 나올 수밖에 없었다.
 그것은 예상보다 높은 무공에 놀란 것과는 또 다른 의미였다.
 "또 물으실 것이 있으십니까?"
 "……혹시 진 대협께서도 자신만의 조직이 있습니까?"
 진무성이 아무리 신출귀몰한다 해도 악양 분타를 계속 보고 있을 수는 없었다. 그럼에도 깃발을 올리는 것으로 연락이 가능하다는 것은 그것을 보고 진무성에게 보고하는 자가 있을 것은 자명했다.
 "아직은 없습니다. 하지만 저를 돕는 조직을 지금 만들고 있습니다. 개인적으로 돕는 분들은 꽤 있습니다."
 "지금 만든다는 말은 창방이라도 하신다는 의미로 들어도 되겠습니까?"
 역시 수석 장로는 아무나 되는 것이 아니었다. 그는 진무성의 말에서 핵심을 제대로 짚어 냈다.

"예, 곧 창방을 할 생각입니다. 창방을 하고 제가 직접 저의 정체를 밝히게 되면 그때부터는 저와의 관계를 다른 사람들이나 문파에 비밀로 하실 필요 없습니다."

그리고 진무성은 몸에서 둘을 압도하는 절대자의 기도가 뿜어져 나왔다.

그의 의도된 행동이었지만 둘에게는 너무 자연스러워 보였다.

[사형, 우리가 다음 대의 절대자를 보는 것 같지 않습니까?]

구룡신개의 전음을 듣는 천원신개의 눈은 진무성에게 매우 호의적으로 변해 있었다.

* * *

수백 개의 관이 놓여 있는 동굴.

사공무경의 등장에 초인동주인 사공무일이 급히 달려와 허리를 굽혔다.

"형님, 오셨습니까?"

"그래 초인들은 잘 수련하고 있느냐?"

"예, 지금 수련이 끝난 초인들만 세상에 나가도 아마 중원 절반은 단숨에 장악할 수 있을 것입니다."

사공무경은 그의 말을 들으며 천천히 움직이며 관 안을 쳐다보았다.

"죽는 아이들은 없느냐?"

"매년 죽는 아이들은 줄고 있습니다. 다만 새로운 아이들이 요 몇 년간 들어오지를 않고 있어서 그게 걱정입니다."

"특별하게 눈에 띄는 아이들이 없다. 너도 알다시피 그냥 무재만 좋다고 데려오면 쓸데없이 돈만 버리고 아이는 죽지 않느냐?"

그들이 지금 납치해 온 아이들을 초인으로 만드는 비법은 돈이 정말 많이 들었다. 관 하나하나에 들어가는 약재와 보관하기 위한 여러 장치는 한 아이당 하루에 금자 한 냥이 들 정도였으니 실로 천문학적인 돈을 쏟아붓고 있다고 해도 과언이 아니었다.

그들이 한 명이라도 죽을까 조심, 또 조심을 하며 심혈을 기울이는 이유였다.

"그런데 형님, 무슨 일이 생겼습니까? 형님의 표정에 변화가 보인 적은 처음입니다."

사공무경은 어릴시절부터 의아할 정도로 어른스러웠다. 특히 어떤 상황이나 사건이 벌어져도 표정의 변화가 전혀 없는 사람이었다.

그런 그에게 그가 느낄 수 있을 정도로 변화가 나타났

다는 것은 보통 심각한 일이 벌어진 사실은, 지금 평범한 수준의 일이 아닌 매우 심각한 일이 벌어졌음을 알 수 있었다.

"됐다. 그 일은 다음에 얘기하고 지금 구 단계까지 통과한 아이들이 몇 명이나 되느냐?"

"총 이십이 명입니다."

"마지막 단계로 올라갈 가능성이 있는 아이는 몇 명이냐?"

"가능성이 보이는 초인은 세 명입니다. 이십 년 넘게 십 단계에 올라가는 초인이 아직 없으니 제가 죄송할 뿐입니다."

"십 단계에 올라간다면 말 그대로 더 이상 인간이 아닌 초인이다. 너무 조급해하지 말고 순서에 따라 차근차근 만들거라."

"알겠습니다."

"그리고 초인단이 출동을 할 일이 생길 것 같으니 정비해 놓아라."

"드디어 대계가 시작하는 것입니까?"

사공무일은 감격에 겨운 듯 떨리는 목소리로 물었다.

"죽일 놈이 생겼다."

말하는 사공무경의 눈에는 살기가 가득했다.

5장

"초인들을 내보낼 정도로 강한 놈입니까?"

사공무일은 의아한 표정으로 반문했다.

"모른다."

"예? 세상에 형님이 모르는 일이 있을 수 있습니까?"

그는 정말 사공무경이 신이라도 된다고 믿고 있는 것 같았다.

"문제가 좀 생겼다."

그의 입에서 문제라는 단어가 나오자 사공무일은 대단히 심각한 사건이 일어났음을 직감했다. 사공무경에게는 문제라는 것이 생긴 적이 없었기 때문이었다.

"형님, 그럼 어떻게 준비를 할까요?"

"구단 초인 세 명에 팔단 초인 다섯 명씩을 붙여 줘라. 본가의 황룡단과 백룡단이 그들을 보좌 할 것이다."

"준비가 되는 대로 본가로 보내겠습니다."

"최대한 빨리 준비해라."

"존명!"

사공무일이 허리를 굽히자 사공무경은 그의 어깨를 수고하라는 듯 툭툭! 치고는 착잡한 표정으로 동굴을 떠났다.

* * *

악양으로 다시 돌아가는 배에 탄 진무성의 표정은 밝았다. 그의 계획에서 가장 중요한 변곡점이 될 남궁세가와 개방을 우군으로 만드는 데 성공했기 때문이었다.

사실 진무성은 개방이나 남궁세가 같은 수백 년 전통의 대문파가 자신의 요구를 받아 줄 것이라고는 생각지 않았다.

'한 곳만 받아 줘도 대성공이라고 생각했거늘…… 역시 영 매가 행운을 불러 주는 것 같구나.'

개방과 남궁세가 같은 대문파가 일개 개인인 그의 요구를 받아들인 것이 정말 요행이었을까……

진무성은 일이 잘 풀린 것이 설화영을 만났기 때문이라고 생각했다.

그는 지금 자신의 위상이 얼마나 높아졌는지 잘 모르고 있었다. 그때 진무성의 검미가 살짝 좁아졌다. 뭔가 익숙한 기운을 느꼈기 때문이었다.

"하하하! 이것 참, 아무래도 저희가 뭔가 인연이 있나 봅니다."

목소리와 함께 학사모를 쓰고 멋진 섭선을 든 아주 잘생긴 청년이 진무성의 옆에 섰다.

그를 슬쩍 본 진무성은 말없이 다시 시선을 정면으로 돌렸다.

"다시 만나면 서로 친해지기로 약속해 놓고 이렇게 모른 척하시면 제가 너무 어색해지지 않겠습니까?"

"전 공자와 그런 약속을 한 적이 없습니다."

"저를 너무 창피하게 만드시네요?"

"공자와 저 사이가 창피하고 자시고 할 사이가 아니지 않습니까?"

"전 노형을 뵙자마자 운명적으로 이어진 제 친구라고 생각했는데 너무 섭섭합니다. 그려!"

청년은 매우 섭섭하다는 듯 말했지만, 표정은 여전히 유들유들했다.

"공자께서 제게 이러시는 이유를 모르겠습니다."

"그 이유는 저번에 말씀드린 것으로 아는데요?"

"저와 친분을 가지면 손해날 것이 없다는 생각 때문이라는 말도 안 되는 이유를 제가 믿을 것 같습니까? 하다못해 제 이름조차 모르지 않습니까?"

"이름도 몰라 성도 몰라, 어디서 왔는지 어디로 갔는지 그리고 사문은 어딘지 사부는 있는지, 하긴! 말하다 보니까 제가 노형에 대해 진짜 아는 것이 하나도 없군요. 가르쳐 주시면 안 될까요?"

천성이 밝은 것인지 아니면 세상을 너무 모르는 것인지……

어이가 없다는 표정으로 그를 잠시 쳐다본 진무성의 눈에 이채가 나타났다. 그의 표정에서 진짜 알고 싶다는 간절함이 보였기 때문이었다.

"도대체 나에 대해 알아서 뭘 하겠다는 겁니까?"

"제가 노형에 대해 왜 이렇게 과도한 흥미를 느끼는지 저도 궁금해서 계속 생각했는데 아직 답을 찾지 못했습니다. 노형도 궁금하지 않으십니까?"

"제가 공자가 무엇에 흥미를 가지는지 궁금할 리 있겠소?"

"하긴 그렇긴 하지요."

생각과 말 그리고 행동이 모두 다른 사람처럼 따로 노는 그의 모습에 결국 진무성의 입에서 실소가 터져 나오고 말았다.

"하! 제가 강호에 나와 많은 사람들을 만나 봤지만, 공자 같은 괴상한 사람은 처음이오. 혹시 제가 누구인지 알고 접근하신 것은 아니겠지요?"

이번에는 청년의 눈에 이채가 나타났다. 진무성의 말속에서 숨은 뜻을 발견했기 때문이었다.

"제가 접근을 해야 할 정도로 대단한 신분을 가지고 있으신가 봅니다? 하하! 제 견문이 짧아 죄송하지만 전 아직 노형의 이름도 모릅니다."

"상대의 이름을 알고 싶다면 자신의 이름부터 말하는 것이 예의입니다."

설화영은 이자가 대단한 신분을 가지고 있다고 했었다. 그리고 절대 척지지 말라고도 했다.

진무성이 그를 당장 쫓아내지 않고 모든 너스레를 듣고 있는 이유였다. 그런데 대화를 나누면서 점점 그에 대해 호감이 생기고 있는 것이 이상했다.

그리고 청년은 진무성의 변회를 직감한 듯 신난 표정으로 말했다.

"제 이름은 백리하라고 합니다. 그럼 노형의 이름을 드디어 알게 되는 겁니까?"

그의 진짜 이름은 백리령하였다. 하지만 여자의 이름이라는 것이 너무 물씬 풍겨서 한 자를 뺀 백리하로 말한 것이었다.

"……진무성이요."

그녀가 진짜 이름을 댈 줄 몰랐던 진무성은 약간 꺼림칙한 표정으로 이름을 말하고 말았다.

"하하하하! 드디어 알았네요."

백리령하가 뭐가 그리 좋은지 크게 웃자 배에 탄 사람들이 모두 그녀를 쳐다볼 정도였다.

그녀는 주위의 시선은 아랑곳하지 않고 다시 물었다.

"그런데 진 형은 지금 어디로 가시는 중입니까?"

"상대가 어디로 가는지를 묻고 싶으면 먼저 자신이 어디로 가는지를 말하는 것이 예의입니다."

진무성의 말이 끝나기가 무섭게 그녀는 즉시 답했다.

"저는 악양으로 가는 중입니다. 그곳에 중요한 일이 벌어지고 있는 것 같아서 조사차 가는 것이지요."

백리령하는 자신의 행선지에 더해 자신의 목적까지 말했다. 내가 말했으니까 너도 왜 가는지 말하라는 은연중의 압박이었다.

"전 공자가 왜 그곳에 가는지 궁금하지 않습니다."

하지만 그의 의도를 단박에 잘라 버리는 진무성이었다.

"그건 그렇다 해도 어디로 가는지 정도는 말씀해 주셔야지요."

"악양으로 갑니다. 됐지요?"

"악양이요? 혹시 저를 따라오시는 것은 아니지요?"

"당연히 아닙니다. 그리고 제가 좀 피곤합니다. 이만 돌아가 주시지요."

"어이쿠! 진 형께서 피곤한 것을 제가 눈치채지 못했네요. 죄송합니다. 이제 통성명도 해서 그런지 저희가 무척 가까워진 느낌입니다. 악양까지 가려면 시간이 꽤 있으니 더 가까워질 수 있을 겁니다. 그럼 쉬십시오."

백리령하는 그래도 소기의 목적을 달성했다는 생각에 가슴이 뿌듯한지 밝은 표정으로 돌아갔다.

그런 그녀를 보며 진무성은 고개를 갸웃했다.

'도무지 무슨 마음인지 종잡을 수가 없는 자로군. 아무래도 배를 잘못 탄 것 같구나……'

진무성은 그녀와 좋은 관계를 갖는 것이 그에게 얼마나 큰 행운인지 아직 모르고 있었다.

하긴, 안다고 해도 진무성이 좌고우면(左顧右眄)할 리는 만무했다.

* * *

"장우가 직접 왔다고?"

제갈세가의 가주인 제갈장백은 무림맹의 군사직을 맡고 있는 제갈장우가 세가에 도착했다는 말에 깜짝 놀라 일어섰다.

제갈장우는 무림맹의 군사가 된 후, 십 년이 넘도록 제갈세가를 방문한 적이 없었다. 공정성에 논란이 생기는 것을 막기 위해서였다.

그런데 온다는 말도 없이 세가에 나타났다는 것은 무언가 중요한 용무가 있다는 것을 의미했다.

"지금 어디에 있느냐?"

"비밀문으로 들어오셔서 숙부님의 방으로 가셨습니다."

"알았다. 장우의 방 주위에 아무도 다가서지 못하도록 경비를 강화해라."

말을 마친 제갈장백은 제갈장우가 갔다는 방으로 급히 걸음을 옮겼다.

'십 년이 넘게 시간이 지났는데 조금도 변한 것이 없구나.'

제갈장우는 자신의 어린 시절과 청년 시절을 보낸 방을 보며 감회가 깊은 듯 미소를 지었다.

그의 방은 온전히 보존만 된 것이 아니라 매일 청소를 한 듯 매우 깨끗했다.

"장우야!"

문이 열리며 제갈장백이 그의 이름을 부르며 들어서자 제갈장우도 반갑게 환한 미소를 지으며 말했다.

"형님, 잘 계셨습니까?"

제갈장백과 제갈장우는 서로를 꽉 안았다.

둘의 사이가 남달랐음을 알 수 있었다.

무림인들은 서로 몸을 껴안는 것을 극도로 경계하고 금기시했다. 자신의 목숨을 상대에게 그대로 맡기는 행동이기 때문이었다.

서로 안는 순간 온몸의 모든 사혈에 대한 방어가 불가능해지기 때문이었다.

"그래 어쩐 일로 네가 직접 온 거냐? 설마, 내가 보낸 서찰 때문이냐?"

자리에 앉자 제갈장백은 그가 직접 온 이유를 대강 짐작한 듯 물었다.

"맹주단 원로들께서 형님의 서찰을 받고서 상당 기간 동안 의논을 하셨습니다. 결국 결론을 내지 못하시고 저를 불러 물으시더군요."

"그 서찰의 의미가 무엇이냐고 묻더냐?"

천하제일 책사로 불리며 무림맹의 군사까지 된 제갈장우였지만, 그의 형인 제갈장백 역시 결코 그에 못지않은 머리를 가지고 있었다. 가주가 아니었다면 그가 무림맹의 군사가 되어도 아무 문제가 없다고 할 정도였다.

"예."

"그래서 너는 뭐라고 했느냐?"

"형님께서 친필로 서찰을 보낼 정도라면 분명 합당한 이유가 있을 것이니 우선 의견을 받아 줬으면 한다고 말씀드렸습니다."

"내가 보냈기 때문에 사감이 들어간 것은 아니지?"

"물론입니다. 형님께서 제게 한 말씀을 어찌 잊겠습니까?"

제갈장백은 그가 무림맹 군사로 가게 되자 세가의 이익보다 무림맹 군사로서 무림맹을 위한 올바른 판단을 하라고 당부했었다.

"그럼 이미 그렇게 말했는데 굳이 네가 여기까지 직접 온 이유가 무엇이냐?"

"맹주님께서 서찰에서 알아낸 것이 더 없느냐고 물으셨습니다."

"네가 이미 느낀 것이 있나 보구나."

"형님, 혹시 창귀에 대해서 알고 계십니까?"

제갈장백은 역시! 하는 눈빛으로 고개를 끄덕였다. 얼굴에는 흡족한 듯 부드러운 미소가 나타났다.

제갈장우의 추측이 맞았다는 확실한 증거였다. 하지만 그의 입에서 나온 대답은 조금 실망스러웠다.

"내가 해 줄 말이 없구나."

"형님! 창귀가 누구인지 아시는군요?"

"장우야. 넌 무림맹의 군사로서 무림맹을 위해 너의 임무를 다하거라. 난 제갈세가를 책임지고 있는 가주로서 세가를 위해 내 책임을 다할 것이다."

제갈장백의 말에 제갈장우의 얼굴이 굳어졌다.

"형님, 혹시 창귀에게 협박을 받고 계십니까?"

"어허! 오랫동안 못 보았다 해도 우형의 성격까지 잊었더냐?"

"죄송합니다."

남궁장우는 급히 사과를 했다. 세가의 존망을 좌우할 정도의 협박이라 해도 굴복할 그가 아니었기 때문이었다.

"장우야, 난 창귀의 방식에 동의하는 것은 아니지만 그가 추구하는 바는 우리가 추구하는 바와 유사한 점이 꽤 많다고 본다. 내가 보낸 서찰에 적힌 내용을 액면 그대로 믿거라. 그리고 네가 맹주단 원로들에게 제안한 의견이 지금 내가 원한 것이기도 하다. 아마 창귀가 무림맹을 직접 방문할 것이다. 결론은 그때 내도록 설득을 해다오."

'도대체 창귀 그자가 누구이기에 형님께서……'

그가 아는 제갈장백은 매우 신중하고, 위험한 판단은 최대한 배제하는 성격이었다.

그런 그가 무림 공적이 될 수도 있는 창귀를 두둔하는 것 같은 행동을 보인다는 것이 이해가 되지 않았다.

제갈장백은 그런 그의 마음을 이해한다는 듯 다시 미소를 지으며 말했다.

"너도 우형이 이런 결정을 한 이유를 곧 알게 될게다."

'결정? 무슨 결정?'

제갈장백을 쳐다보는 제갈장우의 눈에 이채가 번쩍 나타났다.

"형님, 무슨 결정을 하셨다는 것입니까?"

"네게 지금은 해 줄 말이 없다. 우선은 우형을 믿고 기다려 주었으면 좋겠다."

제갈장우는 처음 보는 제갈장백의 모습에 고개를 갸웃했다.

"지금 형님의 모습이 평소와 너무 다르다는 것은 아시지요?"

"그렇게 보이냐? 하긴 네가 그렇게 봤다면 맞겠지. 너는 어려서부터 그런 것을 아주 잘 봤으니까. 어쨌든 더 이상은 설명하기가 어려우니 그렇게 알거라."

제갈장우는 문득 자신이 창귀에 대해 잘 모르고 있었다는 생각이 들었다.

'맹에 돌아가면 창귀에 대해 좀 더 상세한 조사를 해야 할 것 같구나……'

단지 무공이 고강한 살성의 등장으로 판단하고 그를 찾는 데 주력을 기했던 자신에 대한 자책이었다.

"제가 아무래도 창귀에 대해 너무 쉽게 생각한 것 같습니다."

"그건 아우의 실책이 아니다. 나 역시 처음에는 아우와 같은 생각을 했었다."

처음에는 그랬지만 지금은 아니다.

그 말은 생각이 바뀐 계기가 있다는 의미이기도 했다.

"형님, 죄송합니다만 전 이만 가 봐야 할 것 같습니다."

십 년 만에 돌아와 자신의 방에 들어온 후 어린 시절을 회상하고 제갈장백과 대화를 시작하여 끝나기까지 걸린 시간은 겨우 반시진 남짓이었다.

그런데 벌써 간다니……

하지만 제갈장백은 이해한다는 표정으로 고개를 끄덕

이며 말했다.

"그래도 오랜만에 아우를 봐서 좋았다."

"저도 형님을 뵙게 되어 정말 좋았습니다. 제가 다시 돌아올 때까지 건강하십시오."

정파의 연합체인 무림맹이었지만 각 문파의 장(長)인 장문인이나 방주들은 무림맹 출입을 하지 않는 것이 불문율이었다.

문파의 장문인이 와서 뭔가를 제안했을 때, 그것을 맹에서 받아 준다면 반대하는 문파에 구설수를 만들어주는 일이 될 수 있었고, 거절한다면 장문인의 체면을 깎인 모양새가 되어 그 문파와 껄끄러운 사이가 될 수도 있기 때문이었다.

더구나 매우 중차대한 사안에 대해 무림맹에 파견된 장로들은 장문인의 허락을 구해 보겠다는 말로 한 번 더 생각할 기회를 가질 수 있지만 결정권자인 장문인은 생각할 시간 없이 답을 하게 될 수도 있었다.

다른 사람들은 결정이나 약속을 번복하는 것이 가능했지만 장문인은 그것이 불가능했다.

그것이 각 문파의 장들이 무림맹에 발길을 하지 않는 이유였다.

그 때문에 제갈장백과 제갈장우는 지난 십 년간 서찰만

오갔을 뿐, 직접적으로 얼굴을 마주할 수 없었던 것이다.

그리고 오늘 헤어지면 언제 또 다시 만나게 될지 기약할 수 없었다.

둘은 서로를 보더니 다시 한번 껴안았다. 진한 가족애와 동지애가 느껴지고 있었다.

* * *

무림맹의 조사단이 한 바탕 쓸고 지나간 장길용의 만물상 안.

검은 옷을 입고 얼굴까지 검은 두건으로 감싼 흑의인 십여 명이 만물상 곳곳을 이 잡듯 뒤지고 있었다.

[영주님, 도저히 이해가 가지 않습니다.]

유령밀전은 추적과 미행 그리고 암살에 최적화된 암흑무림의 최정예 무력대였다.

영주인 금안비응은 전음을 받자 눈을 가늘게 뜨며 반문했다.

[시간이 많지 않다. 빨리 본론만 보고해라.]

[저의 제대로 된 저항도 못하고 죽었습니다. 창귀를 아예 보지도 못하고 당했거나, 보았다 해도 아예 저항 한번 하지 못하고 죽었습니다.]

금안비웅의 눈밑이 실룩거렸다.

시신으로 발견된 장발귀마나 음산귀조는 무공만으로는 그보다 강하다고 할 수 있었다.

하지만 그 둘 역시 제대로 된 저항 한 번 못하고 죽은 것이 분명했다.

사건이 일어난 지 이미 며칠이 지났고 무림맹과 개방이 시신을 모두 수거해 가고 조금이라도 증거가 될 만한 것은 전부 가져간 곳에서 이 만큼이라도 정보를 얻어냈다는 것은 유령밀전의 능력이 얼마나 대단한지를 알 수 있는 대목이었다.

[영주님, 비밀 금고에도 아무것도 없었습니다. 창귀 그자가 기관에도 상당한 조예가 있는 것 같습니다.]

암흑무림의 비밀 금고는 아는 사람 말고는 절대 못 찾을 것이라는 자부심이 있는 장소였다. 그런데 모두를 죽이고 비밀 금고까지 모두 찾아내 안에 있는 것을 모조리 가져갔다는 사실은 창귀가 얼마나 침착한 자인지를 보여주는 방증이기도 했다.

더욱 놀라운 것은 창귀의 흔적을 하나도 발견하지 못했다는 점이었다.

[창귀의 흔적은 아직도 찾아내지 못했느냐?]

[개방과 무림맹의 추적술도 대단하다고 알려져 있습니

다. 저희가 알아본 바에 의하면 그들 역시 창귀에 대한 흔적을 하나도 발견하지 못했다고 했습니다. 이미 사건 장소가 많이 훼손된 상태인지라 저희가 흔적을 찾아내기는 힘들 것 같습니다.]

부영주의 전음에 심각한 표정을 짓던 금안비웅은 입을 오므리더니 뭔가를 불었다. 사람의 귀에는 들리지 않을 정도로 가느다란 고음이 퍼져 나갔다.

그러자 하늘에서 독수리만큼 커다란 크기의 매가 빠른 속도로 하강하더니 그의 어깨에 가뿐히 내려앉았다.

그가 키우는 추응(追鷹)이었다. 품에서 작은 고기를 꺼내자 추응은 기다렸다는 듯이 꿀떡 삼켰다.

금안비웅은 고기를 다 먹은 추응이 그를 보자 마치 대화를 나누듯 물었다.

"발견한 거 있어?"

추응은 마치 알아들은 듯 금안비웅의 귀에 부리를 대고는 콕콕 찍으며 특이한 소리를 조잘거리더니 하늘로 날아올랐다.

순간 금안비웅의 눈이 반짝 커졌다.

[모두 내 뒤를 따라라.]

그는 추응에게 뭔가를 들은 듯 모두에게 전음을 날린 그는 추응이 날아간 방향으로 몸을 날렸다.

일다경쯤 달렸을까……

금안비응이 도착한 곳은 동정호반에 조성된 거대한 숲 속이었다.

그의 표정이 구겨졌다.

도착한 수하들도 잠시 멈칫하더니 알아서 조사에 착수했다.

그곳에는 두 명의 사체가 놓여 있었다. 이미 부패가 꽤 진행된 상태였다.

[영주님, 유명전 부영주들입니다. 만물상에서 도망을 치다 죽은 것 같습니다.]

[영주를 보좌하는 부영주들이 도망을 쳤다는 것은 장발귀마와 음산귀조가 허락하지 않고는 있을 수 없다.…… 뭔가 총단에 전해야할 정보가 있었다는 말인데?]

[창귀 이놈, 정말 지독한 놈입니다. 만물상을 전멸시키고 도망을 친 부영주들까지 쫓아와 죽였습니다.]

[분명 창귀의 짓이냐?]

[예전에 수거한 시신의 창상과 똑같습니다. 창귀 맞습니다.]

[진짜 창귀 혼자서 한 짓이란 말이냐?]

금안비응은 도저히 믿기지 않는다는 표정으로 반문했다.

백 명이 넘는 유명전의 정예들과 영주까지 죽이고 비밀

금고까지 턴 후에 도망을 친 부영주들을 추격해 죽였다는 말인데, 아무리 생각해도 혼자서 할 수 있는 일이 아니었기 때문이었다.

[여러 명이 벌인 짓이라면 이렇게까지 흔적을 남기지 않는 것은 불가능합니다. 그리고 결정적으로 창상의 형태가 똑같습니다. 제가 보기에는 한 명의 짓이 분명합니다.]

'내가 보기에 불가능한 일을 그자는 했다? 우리가 추격할 자가 아니야.'

금안비응은 우선 총단에 자신이 분석한 내용과 의견을 보고한 후, 다음 행보를 해야겠다는 판단을 했다.

처음 총단을 나올 때 범인을 잡기만 하면 뼈를 발라 버리겠다는 마음으로 나온 그였지만 조사를 하면 할수록 두려움이 엄습한 것이다.

진무성의 잔인한 행동과 가차없는 살인에는 적으로 하여금 공포심을 느끼게 해야 한다는 마노야의 철학이 들어있었다.

* * *

동정호의 전경이 아름답게 펼쳐져 보이는 악양루의 삼 층.

언제나 수많은 행락객들로 붐비는 곳이었지만 지금은 난간에 서 있는 두 사람을 제외하면 아무도 보이지 않았다.

두 사람은 무뢰단 단주인 당영과 제갈장청이었다.

"당 대협께서 이렇게 저만 부르신 것을 보니 아주 중요한 일이 있는 것 같습니다."

제갈장청의 말에 당영은 손사래를 치며 말했다.

"제갈 대협과 오랜만에 좋은 경치를 보며 그냥 대화나 한 번 할까 해서 온 것뿐입니다."

당영은 아니라는 듯 말했지만 그것을 액면 그대로 믿을 제갈장청이 아니었다.

"당 대협과 제가 자주 만나지는 못했지만 젊은 적에는 같이 강호행을 한 적도 있지 않습니까? 무슨 말인지는 모르지만 말씀해 보십시오."

제갈장청의 말에 당영은 잠시 어색한 표정을 짓더니 조심스럽게 입을 열었다.

"맹에서 창귀에 대한 추적을 멈추라는 연락이 왔습니다. 창귀의 행사가 너무 잔인하니 맹도들의 안전을 위하여 내린 명령이라고 생각할 수 있는 일이니 그러려니 하려고 했습니다."

"또 다른 것이 있었습니까?"

"창귀의 행사를 막지도 말라고 하는군요. 물론 창구가 지금 죽이는 자들은 사파 놈들이 대부분이니 본 맹에 나쁠 것은 없다고 할 수도 있습니다."

"당 대협께서 보기에 뭔가 걸리는 일이 있으신 것 같습니다."

"제갈세가의 가주님께서 맹주님께 보낸 서찰의 내용을 저도 좀 알 수 있겠습니까? 물론 제 부탁이 무례하다는 것은 압니다. 하지만 같은 무림세가의 일원으로 중요한 정보가 있다면 서로 공유하는 것이 서로에게 좋은 일이 아니겠습니까?"

당영은 말하면서도 자신의 부탁이 터무니없다고 생각하는 듯 곤혹스러움이 여실히 나타나 보였다.

만약 제갈장청이 당가의 가주가 무림맹에 보낸 서찰의 내용을 알려 달라고 한다면 그는 화를 냈을 것이 분명했기 때문이었다.

하지만 가주의 명령이니 따르지 않을 수도 없었.

'당 대협이 이러는 것을 보니 당가에서도 이번 사안을 매우 중하게 생각하고 있나보구나.'

제갈장청은 단번에 당가에서 명이 내려왔음을 직감했다.

그가 아는 당영은 절대 이런 부탁을 할 사람이 아니었

기 때문이었다.

"당 대협께서 이렇게 말씀하시니 저도 말씀드리고 싶습니다. 하지만 솔직히 저도 그 내용에 대해서는 잘 알지 못합니다. 죄송합니다."

정중했지만 거절이었다.

내용을 알지 못한다는데 더 조를 수도 없었다. 하지만 당영은 그렇게 나올 것을 이미 짐작한 듯 다시 말했다.

"당가에서는 지금 새외의 경계에서 일어나는 일에 대해 매우 심각하게 받아들이고 있습니다."

사천의 서쪽 경계는 새외와 맞닿아 있지만 천산이 가로막고 있는 덕에 자연적인 방어가 되고 있었다. 하지만 감숙이 새외인들에게 잠식당하면서 사천의 북쪽 경계가 많이 불안해진 상황이었다.

"저도 보고는 받았습니다. 그런데 창귀와 새외가 연관이 있다고 보십니까?"

당영은 잠시 주위를 살피더니 조심스럽게 말했다.

"제갈 대협께서도 창귀로 보이는 자가 암기술로 살인을 저지른 사건에 대해 아시지요?"

"예, 본 가의 세력권에서 일어난 일이니 당연히 저도 알고 있습니다."

"그자의 암기술에 의아한 점이 있다는 것을 아십니까?"

암기술에 대한 분석에서 당가를 따를 곳은 천하에는 없었다.

"동전을 사용했다고 알고 있습니다."

"본 가에서 그 사신을 부검했습니다. 어떤 암기술을 사용했는지 알아보기 위해서였습니다. 그런데 본 가의 장로님께서 그자의 암기술이 마교의 암기술과 매우 흡사하다는 것을 발견하셨습니다."

"그럼 창귀가 마교도일 수도 있다는 말입니까?"

제갈장청은 깜짝 놀란 듯 반문했다.

그리고 그의 모습을 본 당영은 확실히 뭔가 있다는 생각이 굳어졌다.

새외와 마교는 떼려야 뗄 수 없는 관계였다. 만약 창귀에게서 마교의 흔적이 나타났다는 것이 알려진다면 천하는 또 한 번 발칵 뒤집힐 것이 자명했다.

6장

 사실 진무성이 진짜 마교도라면 제갈세가에게는 뒤통수를 망치로 맞은 것이나 마찬가지였다.
 정파를 대표하는 오대세가, 심지어 무림맹의 군사 자리를 독차지해 오다시피 한 제갈세가가 무림인들이 입에 담기조차 두려워하는 마교도와 친분을 가졌다면 그 자체만으로 어떤 변명도 통하지 않을 대악재였기 때문이었다.
 진무성과 만났을 때를 잠시 회고한 제갈장청은 절대 마교는 아니라는 확신이 들자 태연하게 물었다.
 "그럼 무림맹에 보고는 하셨습니까?"
 제갈장청은 놀란 표정으로 다시 묻자, 당영이 급히 부

언을 했다.

"암기를 사용한 자가 창귀라는 것은 그냥 짐작일 뿐 아직 확인이 된 상황은 아니지요. 그리고 마교의 무공과 흡사하긴 하지만 상처에서 마기가 발견되지 않았기에 단언할 수는 없었습니다. 마교가 연관된 일은 무엇이든 신중한 것이 좋지요."

"그런데 당 대협께서 가주님의 서찰에 대해 이야기를 나누다가 화제를 갑자기 새외 무림과 마교로 바꾸신 이유가 뭔지 모르겠습니다."

당영은 잠시 머뭇거리며 주위를 좀 살피더니 말했다.

"대무신가라고 들어 보셨지요?"

제갈장청의 표정이 살짝 굳어졌다.

무림에는 실체가 모호하지만 분명 존재한다고 믿는 신비한 세력이 네 곳이 있었다.

그중 세 곳은 무림 세력이었지만 대무신가는 무림 세력으로 인정을 받지 못하면서도 신비세력에 이름을 올리고 있는 특이한 존재였다.

심지어 많은 무림인들은 대무신가를 점쟁이 집단이라면 속으로는 비하하기도 했다.

하지만 그들의 영향력은 대단했다. 그들을 만나 한 마디 조언이라도 듣는다면 자신의 문파에 엄청난 도움이 되기 때문이었다.

 실지로 대무신가 덕에 멸문을 피한 문파들은 대무신가의 부탁이라면 무엇이든 들어준다는 소문도 퍼진 적이 있었다. 만약 사실이라면 대무신가는 스스로의 무력 없이 무림에서 가장 강한 전력을 지닌 집단이 될 수도 있었다.

 하나, 대무신가에게 정보를 얻기 위해서는 엄청난 거액의 수수료가 필요했다.

 특히 그들의 예언을 듣는다면 성 한 채값을 지불해야 한다는 소문이 돌 정도였다.

 너무 비싼 수수료에 대무신가에게 도움을 받는 문파는 거의 없었다.

 하지만 그것은 표면적으로 드러난 것이었고, 사실은 수많은 문파에서 거액을 지불하면서 그들에게 조언과 예언을 받고 있다는 것이 공공연한 비밀로 알려져 있었다.

 제갈세가는 대무신가를 무시하는 몇 안 되는 무림 세력이었다. 천하제일지자 가문인 그들은 예언이라는 것 자체를 믿지 않았다. 무엇보다 그들의 조언 정도는 제갈세가의 지자(智者)들도 생각해 낼 수 있다는 자부심이 있었다.

 "대무신가를 접촉했습니까?"

"겉으로 드러나지 않아서 그렇지 정파중 대무신가와 한 번도 접촉을 하지 않은 문파가 몇 곳이나 있을까요?"

"하지만 구파일방이나 오대세가는 그들과 거래를 하지 않는다고 알고 있습니다."

당영은 고개를 끄덕이더니 곤란한 표정으로 말했다.

"사실은 꽤 오래 전에 지금은 돌아가신 선대 원로분 중 한 분이 대무신가로부터 예언을 받은 적이 있었습니다. 그 어르신께서는 대무신가를 매우 신뢰하셨다고 합니다. 물론 당가에서는 믿지 않았지요."

"그런데 그 예언을 믿을 만한 사건이 일어난 모양이군요?"

당가에는 대외적으로 비밀로 하고 있었지만 근래에 뜻하지 않은 사건과 사고가 연이어 일어났다. 문제는 그 사건의 양상이 대무신가로부터 받았던 예언과 상당 부분 일치하면서 발생했다.

죽은 원로는 당가의 가주인 당사룡의 숙부였다. 그는 당사룡이 소가주 시절 대무신가에서 받은 예언서를 그에게 넘겨주며 만약 예언대로 이상 징조가 나타나면 대비책을 마련하라고 신신당부를 했었다.

당사룡은 애초에 예언 따위를 믿지 않았기에 대수롭지 않게 넘겼었다.

하지만 예언에 적힌 사건과 사고가 근래 당가에 일어난 사건, 사고와 소름이 끼칠 정도로 너무 비슷하자 군사인 당융에게 정밀 분석을 맡겼다.

그리고 당융은 생각지 못한 다양한 분석을 내놓았다.

고심하던 당사룡은 당영이 악양에서 제갈세가와 만난 다는 보를 받자 당영에게 특별 명령을 내렸다.

"믿었다기보다는 소잃고 외양간 고치는 일을 하는 우를 범하기 싫다는 것이 맞을 것 같습니다."

"망양보뢰(亡羊补牢)라…… 좀 더 자세하게 말씀해 주시겠습니까?"

"대무신가에서 오대세가가 거의 멸문의 수준으로 망할 것이라는 예언을 했습니다. 그리고 때가 오면 일어날 징조에 대해 적혀 있었습니다."

제갈장청의 표정이 살짝 변했다. 무슨 징조인지는 모르지만 당가에서 확신할 정도의 징조가 있었음에 분명했다.

"본 가도 그 징조에 들어 있겠군요?"

"그 시작은 남궁세가부터 시작할 것이라고 했습니다. 그리고 예언대로 강호행을 하던 남궁세가의 후기지수들 이십여 명이 피살당했습니다."

"그것을 믿으신다는 말입니까? 우연일 수도 있지 않겠

습니까?"

"점이란 것이 그렇더군요. 안 들었으면 생각도 하지 않을 일인데 듣고 나면 찜찜하다고 할까요. 그리고 선대 어르신께서는 만약에 대비해 준비를 해야 한다고 누누이 당부를 하는 유언을 남기신 것도 한 몫을 했습니다. 가주님께서는 만약의 사태에 대비를 한다는 마음으로 저희들에게 명을 내리신 것이지요."

"남궁세가에는 전해 주셨습니까?"

"본 가와 남궁세가의 사이는 누구보다 제갈세가에서 가장 잘 아시지 않습니까?"

당가와 남궁세가는 오대세가의 수좌라는 자리 때문에 자존심 싸움이 끊임없이 벌어졌다. 다행히 세력권이 완전 반대편에 있기 때문에 직접적으로 부딪칠 일이 거의 없다는 것이 그나마 다행이다 할 정도로 오대세가임에도 사이가 좋지는 않았다.

물론 남궁세가가 위험하다는 확실한 정보라면 당가에서도 감정을 떠나 남궁세가에 전해 주었을 것이었다.

하지만 점쟁이가 말한 예언을 전해 주었다가 아무 일도 일어나지 않는다면 오히려 오대세가라 불리는 대문파가 점 따위나 믿는다는 조롱거리로 전락할 것이 분명했다.

"제게는 왜 알려 주십니까?"

"예언서에 호남에서 상당수의 흑도파들이 멸문될 거라고 적혀 있었습니다. 지금 벌어진 사건은 상당히 부합을 합니다. 더욱 중요한 점은 그 사건이 벌어진 후, 삼 년 안에 당가와 제갈세가가 거의 같은 시기에 멸문하다고 되어 있다는 것입니다."

제갈장청은 당영을 의아한 표정으로 쳐다보았다.

그가 아는 당영은 이런 말을 할 사람이 아니었다. 더욱이 그는 당가의 소속이 아니라 무림맹 소속이었다.

그럼에도 불구하고 주위 사람들까지 물리고 자신에게만 은밀히 말한다는 것은 가벼운 사건 사고가 아니라 당가를 흔들 수 있는 커다란 내우(內憂)가 있음에 분명했다.

"창귀가 연관이 되어 있다고 생각하십니까?"

"그게, 조금 다릅니다."

"창귀에 대해서는 예언서에 적혀 있지 않나 봅니다."

"거기에 대한 자세한 사안은 저도 아직 모릅니다. 다만 사천과 호남은 가깝고 대비를 하는 것이 손해가 날 일도 아니니 당가와 제갈세가 간에 공조를 한다면 위험한 상황이 벌어진다 해도 대처를 할 수 있지 않겠습니까?"

"당 대협께서 하시는 말씀의 요지는 이제 저도 알 것 같습니다. 하나, 제갈세가는 대무신가를 믿지 않습니다.

본 가의 군사는 대무신가의 예언이 상당 부분 인위적일 수도 있다고 분석을 한 적도 있었습니다."

"인위적이라면 무엇을 말하시는 겁니까?"

"예언을 하고 그 예언대로 상황을 만든다는 말입니다."

"예언을 인위적으로 조작해서 그들에게 남는 것이 무엇일까요?"

"예언을 받으려면 성 한 채값의 돈을 지불해야 한다는 것은 비밀 아닌 비밀입니다. 예언이 정확하다는 소문이 돌아야 그런 고액을 주면서까지 예언을 듣겠다는 사람이 나타나지 않겠습니까?"

"그럴 수도 있겠지요. 하지만 마교도로 보이는 자들이 사천 안으로 들어오는 것까지 대무신가에서 조작을 할 수는 없지 않겠습니까?"

드디어 당가에서 왜 이렇게 다급한지를 알 수 있는 단초가 나타났다.

역시! 이번에도 마교가 문제였던 것이다.

* * *

진무성이 탄 배가 무림맹의 총단이 있는 군산의 한 포구에 기착하자 많은 상인들이 빠져나갔다. 그리고 많은 무림인들이 배에 타기 시작했다.

'무림맹의 총단이 근처에 있다고 하더니 무림인들의 왕래가 대단히 많구나.'

진무성은 무림인들과 눈을 마주치지 않기 위해 호수만 주시할 뿐 옆으로도 고개를 돌리지 않았다.

"진 형! 매일 뭐하십니까?"

그때 그의 옆으로 백리령가가 나타나더니 난간에 들을 대고는 말을 걸었다. 그녀의 눈은 진무성의 얼굴에 박제가 된 것 같았다.

"백리 공자께서는 할 일도 없으십니까? 어떻게 저만 올라오면 이렇게 빨리 제 옆에 오시는 겁니까?"

"지금 제가 이 배에서 할 일은 진 형과 친해지고 잘생기신 얼굴을 기억 속에 완벽하게 심어넣는 것입니다."

그녀의 말에 진무성은 졌다는 표정으로 말없이 고개를 다시 호수로 향했다.

"지금 올라온 자들은 대부분이 무림맹도들인데, 어디를 가려고 저렇게 많이 움직이는 것일까요?"

"백리 공자께서는 무림맹에 대해 잘 아십니까?"

"제가 알 턱이 있겠습니까? 다만 저들이 어디로 가는지는 짐작할 수 있습니다."

"……."

그녀의 말에 그러냐는 듯 아무 말 없이 입을 다물자 백리령하는 약간 다급하게 물었다.

"저들이 어디로 가는지를 안다니까요?"

"제가 궁금해할 일은 아닌 것 같군요."

"무림맹의 맹도들이 한 번에 스무 명이 넘는 인원이 어딘가로 움직이는데 궁금하지 않다는 말입니까?"

"전 솔직히 백리 공자님이 더 궁금합니다."

"그래요! 하하하~ 드디어 제 진가를 알아주시는군요. 궁금한 것은 뭐든 다 말씀하십시오. 제가 성의껏 대답해 드리겠습니다."

"제가 어떻게 해야 백리 공자님께서는 더 이상 저를 따라오지 않겠습니까?"

"흠! 생각지도 못했던 질문이군요."

손을 턱에 대고 잠시 생각 백리령하는 답을 찾은 듯 말했다.

"안타깝게도 그 대답은 제가 말씀드리 어려울 것 같습니다. 저도 아직 방법을 몰라서요."

"저를 귀찮게 하는 이유도 모르시고 떠날 방법도 모르시면 설마 배에서 내린 후에도 따라다니시겠다는 말은 아니시겠지요?"

"배에서 내린 후는 아직 생각을 못 해 봤습니다. 그런데 귀찮게 하는 이유는 알아냈습니다."

"그게 뭡니까?"

"이렇게라도 하지 않으면 진형께서 저와 대화조차 안 해 주실 것 같아서 그러는 것 같습니다. 저를 쫓아낼 방법도 곧 생각해 내겠습니다."

자신의 이야기를 마치 남 얘기처럼 하면서 심지어 내용까지 궤변을 늘어놓자 고개를 살래 흔들던 진무성은 갑자기 살을 얼릴 듯한 싸늘한 냉기를 느끼고는 고개를 살짝 돌렸다.

그리고 시선의 끝, 순백의 옷을 입은 한 여인이 자신을 보고 있는 것을 보자 검미를 찌푸렸다.

그 시선을 받은 진무성의 머리에 경종이 울리기 시작했다.

바야흐로 새로운 인연이 다가오고 있었다.

7장

'여자들이 왜 이렇게 강한 거지?'

아무리 하얀색을 좋아한다 해도 그녀처럼 옷은 물론 신발과 장신구까지 온몸의 모든 것을 흰색으로 치장하는 사람은 드물었다.

말 그대로 순백의 여인이었다.

그녀를 본 진무성은 의아한 표정을 지었다.

백리령하만 해도 그가 처음에는 무공 수준을 제대로 알아내지 못할 정도로 대단한 무공을 지니고 있었다. 그런데 순백의 여인의 무공 역시 절대 만만치 않았던 탓이다.

그녀의 전신에서는 어느 방향, 어떤 각도라도 다가오는 모든 것을 잘라 버릴 것 같은 예기를 뿜어내고 있었다.

더욱 놀라운 것은 그 예기를 진무성 말고는 아무도 눈치채지 못하고 있다는 점이었다.

 '저 계집애는 왜 나온 거야? 확실히 무림에 문제가 생기긴 한 모양이네…….'

 백리령화는 순백의 여인을 아는 듯, 그녀와 눈이 마주치지 않도록 살짝 시선을 돌렸다.

 순백의 여인은 백리령화가 고개를 돌리자 비소(誹笑)를 그리더니 그들을 향해 다가왔다.

 여인이 움직이자 모두의 시선이 그녀에게 향했다. 진무성은 그녀에게 조금의 관심도 보이지 않았지만 다른 손님들은 그녀가 배를 타면서부터 그녀에게서 눈길을 떼지 못하고 있던 중이었다.

 너무 아름다웠기 때문이었다.

 하나, 진무성은 그녀에게서 아름다움보다는 뭔가 귀찮은 일이 배가 될지도 모른다는 느낌이 먼저 들었다.

 그는 검미를 찌푸리며 고개를 호면(湖面) 쪽으로 돌렸다.

 둘 다 고개를 돌렸지만 그녀는 상관없다는 듯 진무성과 백리령하의 앞까지 걸어왔다.

 진무성을 아래위로 훑어본 그녀가 백리령하에게 시선을 돌리자 전음이 들려왔다.

[아는 척하지 마라.]

백리령하의 전음을 들은 그녀는 피식! 웃더니 다시 진무성을 보며 말했다.

"소협은 못 보던 분인데 성함이 어떻게 되시나요?"

"……지금 저보고 물으신 겁니까?"

진무성은 어리둥절한 표정으로 반문했다.

"제가 지금 누구를 보고 있나요?"

"저를 보고 있는 것 같군요."

"그럼 당연히 소협에게 물은 것이 아니겠어요?"

"저희가 통성명을 할 사이는 아닌 것 같은데요?"

"통성명을 하자는 것이 아니라 소협의 이름을 물은 것입니다."

"소저께서는 먼저 상대를 배려하는 마음가짐부터 배워야겠습니다. 소저 같이 무례한 분하고는 대화를 나누고 싶지 않습니다."

그녀와 말을 섞으면 귀찮아질 것이라는 자신의 예감이 맞았다고 판단한 진무성은 단번에 그녀를 자르며, 더 이상 상대하기 싫다는 듯 그대로 몸을 돌렸다.

'이것 봐라? 백리령하가 왜 별 볼 일 없는 이런 자와 대화를 나누고 있는 것이 이상했는데 이유가 있나 보네……'

그녀는 백리령하가 그저 우연히 진무성과 대화를 나눈

것이 아님을 직감했다.

무표정이던 그녀의 얼굴에 진무성에 대한 호기심이 나타났다.

아름다운 얼굴, 몸에 자연적으로 배인 기품과 고상함 그리고 감히 다가갈 수 없는 차가움까지.

어떤 남자건 그녀 앞에서는 한 풀 꺾고 들어가는 것이 당연한 삶을 살아온 그녀였다. 그리고 그런 그녀에게 불쾌함을 그대로 보이며 등을 보인 진무성의 모습은 호기심도 주었지만 심기가 불편해지는 것까지 막을 수는 없었다.

"보기와는 달리 경솔한 분이시군요? 제가 대단한 사람이면 어찌시려고 그러세요?"

진무성은 그녀를 쳐다보지도 않고 답했다.

"대단한 사람은 소저처럼 상대를 무시하지는 않지요. 만약 진짜 대단하신 분이라 해도 남에게 존경을 받기는 어려울 것입니다."

진무성의 답에 순백의 여인의 눈초리가 올라가자 백리령하의 전음이 다시 그녀의 귀에 파고들었다.

[그 사람 더 건드리지 말고 그냥 가라~]

그녀는 백리령하를 힐끗 보며 다시 입가에 비소를 그리더니 순순히 원래 자신이 서 있던 자리로 돌아갔다.

쉽게 끝날 것 같지 않았던 상황이었지만 생각 외로 빠르게 정리가 된 것이었다.

[검노, 저 계집애가 왜 여기 있는지 알아요?]

백리령하와는 아무 연관이 없다는 듯 반대쪽 난간 쪽에 상인처럼 변복을 하고 주저 앉아 있던 검노 역시 그녀의 등장에 상당히 놀란 듯했다.

[저도 보고 받은 것이 없습니다. 곧 알아보겠습니다.]

'저 여인 대단한 지위를 지닌 것은 맞는 것 같군.'

진무성은 그녀의 주위 일 장 이상 사람들이 다가가지 못하게 은밀하게 막는 자들이 있다는 것을 알았다. 그런데 그들의 무공이 대단했다.

호위 무사들의 무공이 그렇게 강하다는 것은 그녀가 대단한 지위일 것은 당연했다.

"진 형, 이상한 여자 때문에 기분이 좀 상하셨겠습니다."

백리령하의 말에 진무성은 고개를 살래 흔들며 말했다.

"전 공자가 더 이상합니다."

"저 그렇게 이상한 사람 아닌데요?"

"제가 생각할 것 좀 있습니다. 그러니 돌아가시지요."

"이 좁은 배 안에서 돌아갈 곳이 어디 있다고 그러십니까? 그냥 아무 말 하지 않고 여기 서 있을 테니 마음껏 생각하십시오."

'진짜 말이 안 통하는 여자로군…….'

진무성은 더 이상 말할 기운도 없다는 듯 몸을 돌렸다.

진무성이 입을 닫자 백리령하는 순백의 여인을 노려보았다.

'대화가 잘되어 가고 있었는데, 저 계집애 때문에 망쳤네.'

순백의 여인은 백리령하의 눈길을 의식했는지 슬쩍 그녀에게 시선을 돌리더니 미소를 그리며 살짝 목례를 했다. 그리고 그녀의 시선은 진무성에게 향했다.

큰 키에 넓은 등은 누가 봐도 듬직한 느낌을 주기에 충분했다.

하지만 얼굴에 그어진 자상과 열상의 흔적은 그가 백리령하와 어울릴 신분은 아니라는 것을 말해 주고 있었다.

'백리 공주가 관심을 보이는 남자라…… 호호~ 나오기 싫었는데 나오기를 잘한 것 같네.'

그녀의 눈에는 흥미가 가득했다.

* * *

진무성에 의해 대로에서 벌어진 암살 덕분에 악양의 거

리는 매우 한산했다.

그래도 죽은 자들이 양민이 아니라 무림인이라는 것이 알려지면서 약간 살아난 것이 그 정도였다.

"정 지가주."

"예! 단주님."

대무신가의 호남 지가주인 정필용은 고개를 숙인 채 긴장한 표정으로 답했다.

황룡단 단주와 백룡단 단주는 대무신가에서도 매우 높은 간부였다. 그 둘이 동시에 무려 천 명에 가까운 단원들을 데리고 지가에 도착했으니 그로서는 긴장을 하지 않을 수 없었다.

"아직도 알아낸 것이 하나도 없느냐?"

"지금 본 가의 모든 정보망을 동원해 악양 전체를 뒤지고 있습니다. 아무리 창귀 그놈이 신출귀몰하다 해도 이번에는 빠져나가지 못할 것입니다."

'도대체 어떤 놈이기에 가주님께서 그놈을 특정조차 못한단 말인가?'

황룡단주 이군병은 심각한 표정으로 중얼거렸다.

"황룡 단주님, 그런데 저희만이 아니라 혈사련과 암흑무림에서도 대규모로 무력대를 보냈습니다. 잘못하면 그들과 부딪칠 수도 있습니다."

"놈들보다 우리가 먼저 찾아야 한다. 만약 우리를 방해한다면 그놈들이라도 없애면 된다."

백룡단주 은태인이 상관없다는 듯 말하자 이군병이 손을 흔들며 말했다.

"아니다. 지금 혈사련이나 암흑무림과 싸우는 것은 누구에게도 이득이 없다. 최대한 그들과 부딪치는 상황은 피하는 것이 좋겠다."

"이 단주, 가주님께서는 우리에게 어떤 방법을 쓰건 그놈을 찾아내라고 했다. 그런데 그놈들도 조사를 한다면 어떻게 안 부딪칠 수 있겠냐?"

"그놈들 역시 추적과 조사에 상당한 능력을 가지고 있다. 그놈들이 조사하는 곳을 우리까지 조사할 필요는 없다. 우리가 그곳을 피하면 부딪칠 일도 없을 거다."

이군병과 은태인은 지위가 같은 단주였지만 이번 강호행의 지휘자는 이군병이었다.

그때 지가의 총관인 조만국이 들어왔다.

"뭐냐?"

"수상한 자가 있다는 보고가 있었습니다."

"수상한 자?"

"악양의 객잔을 통째로 빌린 자가 있는데 그자가 사건이 일어날 때마다 객잔을 옮겨 다녔다고 합니다."

"악양에서 객잔을 통째로 빌린다면 상당한 돈이 들어갈 텐데?"

"하루에 금자 한 냥은 들었을 것입니다. 더욱 이상한 것은 아무도 객잔을 찾지 않았다는 것입니다."

"그런 놈을 왜 이제야 발견한 것이냐?"

이군병은 화난 듯 소리쳤다.

"창을 가진 놈들 위주로 조사했기 때문에 그랬습니다."

그의 말에 이군병도 더 이상 질책을 할 수 없었다.

상관무경이 창을 가지지 않은 자들 위주로 조사를 하라는 명이 내려온 것은 얼마 되지 않았기 때문이었다.

"그놈은 지금 어디에 있느냐?"

"요 며칠간 행적이 묘연합니다."

"용모파기는 그릴 수 있겠느냐?"

"그게…… 이상하게 그자를 만났던 객잔의 주인들이 이상하게 그자의 얼굴을 전혀 기억하지를 못한다는 보고입니다."

"뭐! 얼굴을 기억 못해? 얼굴을 못 봤다는 거냐 아니면 봤는데 기억을 못한다는 거냐?"

"직접 봤고 돈도 바로 앞에서 받았다고 합니다. 그럼에도 얼굴을 기억 못한다는 것이 저도 이해가 되지 않습니다."

이군병과 은태인의 얼굴이 동시에 굳어졌다. 그들은 그런 수법에 대해 들은 적이 있었기 때문이었다.

 잠시 생각하던 이군병은 정필용을 보며 명했다.

 "그놈은 분명 다시 돌아올 것이 분명하다. 모든 객잔에 감시를 붙이고 누구든지 객잔을 통째로 빌리는 자가 나타나면 즉시 연락해라."

 "알겠습니다. 당장 조치하겠습니다."

 명을 내린 이군병은 은태인을 보며 말했다.

 "드디어 단서를 잡은 것 같다."

 은태인도 고개를 끄덕이며 주먹을 꽉 쥐며 말했다.

 "이놈을 반드시 지옥의 고통을 보여 줄 것이야……."

 방안에 순간적으로 폭발적인 살기가 가득 찼다.

 * * *

 "진 형, 혹시 저를 따라오신 겁니까?"

 악양 포구에 도착한 백리령하는 진무성도 내리자 기분 좋은 표정으로 물었다.

 "제가 왜 백리 공자를 따라갑니까?"

 "갈 때도 같은 배를 타고 합비에 내리고 올 때도 같은 배를 타고 악양에 같이 내린다는 것이 확률적으로 얼마나 희박한지 아십니까? 그러니 진 공자께서 저를 따라다니는 것은 아닌가 의심할 만하지 않겠습니까?"

"그렇게 따지면 백리 공자께서 저를 따라 다닌다고 볼 수도 있는 것 아닙니까?"

"저야 당연히 따라다닌 것이 아니니까요."

'진짜 말이 안 통하는 여자로군. 남자 대접을 계속해 주기도 그렇고…… 그래, 안 보는 게 가장 좋은 방법이다.'

기분 나쁘게 타박을 해서 그녀를 떼어 낼 수도 있었지만 그녀와 적이 되지 말라는 설화영의 말을 그는 무시할 수 없었다.

"그렇다고 칩시다. 그럼 제가 먼저 갈 테니 따라오지 마시오."

말을 마친 진무성은 성큼성큼 빠른 발걸음으로 악양 시내 쪽으로 걸어가기 시작했다.

그렇게 얼마나 갔을까……

"지금 저를 미행하시는 거예요?"

화려한 마차의 옆을 지나가던 진무성은 갑자기 들리는 말에 고개를 옆으로 돌렸다.

마차의 열린 창 안에는 배에서 봤던 순백의 여인이 있었다.

"제게 하신 말입니까?"

"포구에서부터 여기까지 따라온 것을 보면 제게 무슨 용건이 있는 모양인데 말해 보세요."

"소저와 제가 용건이 있을 것이 뭐가 있겠습니까? 그리고 포구에서 내리면 악양 시내로 들어가는 것은 당연한 것 아닙니까?"

"당신은 마차를 놓치지 않으려고 빨리 걸었잖아요?"

'이 여자도 말 안 통하는 것은 만만치 않군.'

진짜 말이 안 통하는 두 여인과 진무성과의 선연인지, 악연인지 모를 인연이 이어가고 있었다.

* * *

[주군, 객잔을 얻을까요?]

주성택의 전음을 받은 진무성은 고개를 살짝 저었다.

[이제 은밀히 만날 사람도 없으니 굳이 돈 쓸 필요없다.]

[알겠습니다.]

[보고할 것은 있느냐?]

[상당수의 수상한 자들이 악양시내를 은밀하게 뒤지고 있다고 합니다. 무공들이 높아서 근접 감시는 어려웠다고 합니다.]

[한 세력이었나?]

[정체를 특정하지는 못했지만 한 세력이 아닌 것은 분명하다고 합니다.]

진무성의 얼굴에 회심의 미소가 나타났다. 그의 계획대로 그들이 움직이고 있었기 때문이었다.

'내가 생각해도 신기한 것을 보면 아무래도 마노야란 그 늙은이의 계획일 수도 있겠군.'

[주 영주.]

[예!]

[그들에게 가까이 가는 것은 위험하니 그들이 빈번하게 드나드는 곳이 어디인지만 알아 놓도록 해라.]

[알겠습니다.]

주성택이 떠나자 진무성의 검미가 살짝 좁아졌다.

'저 여자들 때문에 진짜 골치 아프군.'

그가 앉아 있는 자리에서 마주 보이는 자리.

백리령하와 순백의 여인이 같이 앉아 있었다. 반안에 버금가는 미남과 서시와 맞먹는 미녀가 한 자리에 앉아 있으니 모든 사람의 시선이 그쪽으로 향해 있을 수밖에 없었다.

문제는 백리령하와 진무성이 마주 보는 형국이라는 점이었다. 그녀는 순백의 여인과 함께 대화를 나누는 와중에도 수시로 그를 보며 미소를 지었다. 자신이 있다는 것을 부각시키려는 듯 했다.

진무성은 무표정하게 고개를 돌려 밖으로 시선을 돌렸다.

[곡수연, 강호에 나온 이유가 뭐야?]

백리령하는 진무성이 시선을 돌리자 실망한 표정으로 순백의 여인에게 전음을 보냈다.

[공주님께서 온 이유와 대동소이(大同小異)하지 않을까요?]

곡수연이라 불린 여인과 백리령하의 대화로 미루어 둘은 잘 아는 사이이기는 했지만 신분적으로는 백리령하가 높은 듯 했다.

[그러니까 그 대동소이하다는 이유를 말해 보라니까?]

[제가 공주님으로 대접을 해 주고 있다고 해서 공주님의 수하는 아니지요. 묻는다고 제가 대답할 의무는 없지 않겠어요?]

[검각과 본 궁 간에는 약속한 것이 있지 않나?]

[그래서 제가 대동소이하다고 한 거예요.]

잠시 둘의 대화가 멈췄다.

백리령하의 표정에서 처음으로 진지함이 나타났다.

[그럼 악양으로 온 이유가 뭐지?]

[그것 역시 대동소이하지 않겠어요? 본 각에게도 천외천궁정도의 정보망은 있답니다.]

검각과 천외천궁……

무림인들이 들었다면 경악할 단어가 튀어나왔다.

대무신가와 함께 함께 신비문파로 불리는 두 곳이었다.

평생 검만을 연구하고 수련한다는 검각은 여인만있는 문파였다. 하지만 그 무력만은 실로 엄청나서 제자 한 명 한 명이 모두 초절정고수라고 알려져 있었다.

천외천궁은 무림의 고수들이 금분세수(金盆洗手)를 하면 선별하여 초대를 하는 것으로 알려 있었다.

천외천궁에 초대를 받았다는 것은 그들이 진정으로 정의와 협을 지키며 살아온 진짜 협객이었다는 것을 인정받았다는 의미로 정파인에게는 영광의 전언이라고 할 정도였다.

누가 초대를 받았는지는 아무도 몰랐다. 체면을 중시하는 정파인들에게 초대를 받았다 안 받았다 하는 자체가 분란이 될 수도 있기 때문이었다.

그 두 문파가 무림에서 가장 강한 전력을 지닌 곳은 아니었다. 하지만 그들이 존재한다는 자체만으로도 성파에게는 큰 힘이 되는 조직이었다.

강하지만 군림하지 않고 존재하지만 실체를 보이지 않

는 문파.

 그런데 무림에 위기가 닥쳐야만 모습을 드러낸다는 두 세력이 동시에 나타난 것이었다.

 무림에 위기상황이 닥쳤다는 의미일까……

 [인정!]

 백리령하는 흔쾌히 말하고는 부언을 했다.

 [대신 본 궁이 하는 일을 검각에서 방해하는 일은 없었으면 좋겠어.]

 [천외천궁에서 본 각의 행사를 막지만 않는다면 그럴 일은 없을 거예요. 그런데 저 남자는 누구인가요?]

 [지금 그게 본 궁의 일을 방해하는거야.]

 [전 저 남자가 걱정이 돼서 하는 말입니다.]

 [왜 네가 저 남자를 걱정해?]

 [검주께서 아시면 그냥 두고만 볼까요?]

 검주란 단어가 나오자 백리령하의 얼굴에 당황하는 표정이 나타났다.

 [도대체 곽청비 걔는 왜 그러는거야? 지가 오해해 놓고 꼭 내 잘못인 것처럼 자꾸 괴롭히는 건 아니지 않아?]

 [그거야 공주님과 검주님 두 분의 일이니 제가 감히 끼어들 수는 없지요.]

 [설마 곽청비도 왔어?]

[아직 안 왔습니다. 하지만 머지 않아 오실겁니다.]

'에이! 골치 아프게 생겼네.'

어떤 상황에서도 거리낄 것이 없던 그녀조차 긴장하게 만드는 검주는 어떤 여인일까?

[공주님, 저 남자 나가네요? 따라가셔야 하는 거 아닌가요?]

[누가 누구를 따라간다는거야?]

[호호호~ 천하의 백리공주님께서 남자에게 목을 매며 쫓아다닌다는 것을 궁주님께서 아시면 어떤 반응을 보이실까? 궁금하네요.]

백리령하는 뭔가 약점을 잡힌 듯한 느낌에 기분이 안 좋았지만 진무성이 나간다는 말이 더 신경이 쓰였다.

[분명히 말하지만 우리 눈에 띄지 마라.]

전음을 마친 백리령하는 몸을 일으키더니 주루를 나갔다.

그녀가 나가는 모습을 미소를 띠며 보던 곡수연은 창밖을 내다보았다.

어디론가 가고 있는 진무성과 그 뒤를 따르는 백리령하가 보였다.

'쫓아다니는 거 맞구만 뭘…… 그런데 저 똑똑한 공주가 모르는 남자에게 첫 눈에 반해 쫓아다닌다는 것은 좀

말이 안되는데?'

 곡수연은 의아한 표정으로 중얼거렸다.

* * *

 "아가씨, 무슨 생각을 그렇게 하세요?"

 기쁜 표정으로 진무성을 만나러 갔던 설화영이 돌아온 후, 이상할 정도로 말이 없었다.

 거기다 수시로 지금처럼 말없이 생각에 잠기는 경우도 많았다.

 초선으로서는 묻지 않을 수 없었다.

 "초선아, 이번에 나갔다가 정말 대단한 여인을 만났단다."

 "여인이요?"

 "태어나서 그런 고귀한 관상은 처음이었어."

 "누군데 아가씨께서 이렇게 감탄하실 정도일까요?"

 "나도 누군지는 몰라. 하지만 읽을 수 있었어."

 설화영은 진무성에게 말을 걸던 백리령하의 얼굴이 떠올랐다. 진무성에게 타박을 당하면서도 너스레를 떠는 모습은 모든 것을 풍부하게 가진 자의 너그러움이었다.

 "어떤 여인인데요?"

"아름다운 외모에 상상하기 어려울 정도로 강한 무공과 타고난 고귀한 신분, 더구나 그런 신분에 맞지 않게 정의로운 성정과 상대를 배려하는 착한 마음씨까지, 내가 보기에 세상에 없는 최고의 여인으로 보이더구나."

"세상에 그런 여인이 어디 있어요? 흠 잡을데가 하나도 없다는 말이잖아요?"

"그러게, 그렇게 완벽한 여자라면 진 대인같은 분에게 천생연분인데."

"그게 무슨 말씀이세요? 진 대인은 아가씨께서 사랑하시는 분이잖아요?"

"진 대인은 천하를 구할 영웅이 되실 분이야. 그 분께는 완벽한 여인이 옆에 있어야해. 내가 사랑한다는 이유로 그분의 발목을 잡을 수는 없어."

"제가 보기에는 아가씨도 완벽하신 분이세요."

초선의 말에 설화영은 처연한 미소를 지며 말했다.

"초선아, 나는 비천한 신분에 비참한 어린 시절을 보냈다. 거기다 진 대인을 만난 곳은 기루였어. 난 그분의 사랑을 받은 것만으로도 행운이라고 생각해. 내가 그분의 앞길에 누가 될 수는 없지 않겠니?"

"그래서 계속 그러신거예요? 아가씨, 그런 말씀하지 마세요. 전 진 대인께서 절대로 아가씨를 버리지 않을 거라고 믿어요."

"이건 버리고 말고 할 사안이 아니란다. 영웅에게 그에 걸맞는 여인이 곁에 있는 것은 역사적으로 증명이 된 사실이란다. 그 여인이 나보다 부족하다면 모르지만 나보다 모든 면에서 월등한데, 그걸 알면서도 내가 진 대인을 잡는다면 그건 오로지 내 욕심이고 이기심일 뿐이라고 생각한다."

설화영이 백리령하를 배에서 만난 후, 계속 마음이 우울했던 것은 이유가 있었던 것이었다.

하지만 초선은 여전히 그녀의 생각을 동의할 수 없다는 듯 말했다.

"진 대인께서 아가씨를 보는 눈에는 정말 꿀이 뚝뚝 떨어질 것 같았어요. 전 진 대인께서 아가씨를 얼마나 좋아하는지 알 수 있습니다. 절대 그런 일은 없을 거예요. 아가씨의 능력으로 진 대인의 마음을 보시면 아실거잖아요?"

초선의 반박에 가까운 말에 설화영은 슬픈 미소를 지며 말했다.

"그분은 이미 내 능력으로는 볼 수 없는 높은 경지에 오르셨다. 그리고 볼 수 있다고 해도 난 그러고 싶지 않구나."

말을 마친 설화영의 시선이 한 쪽을 향했다.

계속 거처를 옮기면서도 그녀의 옆에 언제나 놓여 있는 그것은 진무성의 초상화였다.

* * *

무림맹 맹주 하후광적의 집무실에 중년인과 청년 한 명이 방문했다.

방안에 들어선 중년인은 공손히 허리를 굽히더니 말했다.

"사부님, 단목환이 드디어 오늘 출관했습니다."

중년인은 하후광적의 대제자인 인지환이었다. 그는 무림맹의 정보를 관장하는 무밀단의 단주이기도 했다.

청년도 곧 이어 허리를 숙이며 말했다.

"사손 단목환 사조님께 출관했음을 보고드립니다."

하후광적도 반가운 듯 환한 표정으로 말했다.

"수고했다. 앉거라."

둘이 앉자. 하후광적은 단목환을 보며 다시 물었다.

"몇 년 만이지?"

"육년 만입니다."

"만족할 만한 성취는 이루었다고 생각하느냐?"

"아직 많이 부족합니다. 하지만 이제 수련보다는 실전이 필요하다는 판단을 해서 출관을 하게 됐습니다."

"잘했다. 지금 무림에 여러 가지로 사건이 끊이질 않고 있구나. 네가 할 일이 있을게다."

"사부님, 환이에게 무밀단의 대주를 맡겨 악양으로 보낼까 합니다."

"악양에?"

"제갈 가주님의 서찰 내용도 내용이지만 악양에서 벌어지는 사건들이 심상치 않습니다. 환이에게 경험과 실전도 터득할 겸, 능력도 맹도들에게 보여줄 가장 좋은 기회라고 생각합니다."

"환이는 무림에서 최고의 후기지수라고 말 할 정도로 기대를 많이 하는 아이다. 출관하자마자 너무 큰 일을 맡기는 것은 환이에게 독이 될 수도 있다."

"사조님, 전 독이건 약이건 상관없습니다. 맹에 도움이 될 수만 있다면 목숨을 바쳐도 영광으로 생각할 것입니다."

단목환의 말에 하후광적은 잠시 생각에 잠겼다.

단목환은 무림의 절대자이자 최고의 무인으로 불리는 하후광적조차 감탄을 했다는 말이 나올 정도로 천재적인 무재를 지닌 기재였다.

이미 약관도 안된 육년 전에 화경의 경지를 넘으면서 맹주단의 원로들을 놀라게 한 그는 스스로 폐관을 요청해 육년 동안 홀로 수련을 해 왔다.

 그런 그가 출관하자마자 쉬지도 않고 격랑의 한 가운데로 가겠다고 청하고 있었다.

 사손의 호방함은 사조인 그에게는 기쁘고 자랑스러워 할 일이었지만 그가 출동함으로서 일어날 영향은 절대 가볍게 생각할 수 없는 것이었다.

 고심하던 그는 단목환을 주시하더니 결정을 한 듯 고개를 끄덕이며 말했다.

 "알았다. 한 번 해 보거라."

 하후광적의 허락으로 또 하나의 인연이 진무성이 있는 악양으로 향하게 되었다.

* * *

 악양루에 도착한 진무성은 고개를 살래 흔들며 천천히 오르기 시작했다. 백리령하가 거기까지 그를 따라왔기 때문이었다.

 '아무래도 특단의 조치를 취해야지 계속 이렇게 두었다가는 계획이 엉망이 될 꺼야.'

삼 층에 올라온 진무성은 동정호가 보이는 난간 앞에 섰다.

"진 형! 하하하~ 여기서 또 보다니 저희가 인연이 있긴 있나 봅니다."

"주루서부터 계속 따라온 것을 제가 아는데, 인연이라고 하시는 것은 너무 뻔한 수작 아닙니까?"

"보통 사람들은 인연이 꼭 우연이어야 한다고 생각하는데 따라와서 직접 인연을 만드는 사람도 있는 겁니다. 소제가 그만큼 진 형과 친해지고 싶어서 이런다는 생각은 안 드십니까?"

"공자께서 매우 귀하신 분이라는 것을 압니다. 저는 일개 낭인에 불과합니다. 공자와 친하게 지낼 신분이 아니라는 말입니다. 그리고 지금 공자께서는 중요하게 할 일이 있는 것 같은데 이렇게 저만 따라다니시면 임무는 어떻게 끝내실 겁니까?"

"제가 한가하게 진 형만 따라다니는 것 같지만 할 일은 다 하고 있습니다. 그래도 기분은 좋습니다."

"제가 기분 좋을 말을 한 것은 아닌데요?"

진무성은 그녀가 자신의 의미를 또 곡해 하고 있다는 것을 느끼자 의아한 표정으로 반문했다.

"진 형께서 속으로는 저를 걱정하고 있었다는 것을 알

앉는데 당연히 기분 좋아야지요."

"제 말 어디에서 공자를 걱정한다는 오해를 하게 했을까요?"

"저는 딱 보거나 들으면 저절로 압니다."

진무성의 얼굴이 결국 굳어지고 말았다.

"백리공자와 얼굴을 붉히고 싶지는 않지만 아무래도 확실히 해 두어야 할 것 같군요. 공자도 할 일이 있으시겠지만 저도 할 일이 많습니다. 그런데 공자께서 자꾸 저를 따라다니시니 매우 불편합니다."

"저를 없는 사람이다 생각하시고 일 보십시오."

"그게 말이 된다고 생각하십니까?"

"방금 낭인이라고 하시지 않았습니까?"

"그렇습니다."

"그거면 걱정 마십시오. 제가 보기와는 달리 낭인 생활에 대해서 잘 압니다. 절대로 방해가 안 되게 할 겁니다. 그리고 어차피 나쁜 짓을 하실 것도 아니지 않습니까?"

"제가 말하는 의미를 정말 모르시는 겁니까? 아니면 알면서도 이러는 겁니까? 자꾸 이러시면 진짜 화낼 수도 있습니다."

"화 내시면 안 되지요. 진 형께서 아직은 저와 친해질 준비가 안 되신 것 같으니까 가겠습니다. 그래도 전 친구로 생각할 겁니다."

"아직도 제말을 무시하는 것 같습니다. 제가 이러는 이유는 백리 공자와 친구가 되고 싶지 않다는 의미인 겁니다."

"지금 그 말은 저를 너무 슬프게 하는군요."

백리령하가 정말 슬픈 듯 처연한 표정을 짓자 진무성도 마음이 안 좋은 듯 부언했다.

"백리 공자를 싫어한다거나 해서 그러는 것이 아닙니다. 저와 친구가 되신다면 분명 후회하실 것이기 때문에 그런 것입니다."

"역시! 좋으신 분이라고 확신했습니다. 저를 걱정해서 그러신거군요. 그럼 저도 진 형께 한 말씀드리겠습니다. 아마 검주라고 불리는 여인이 곧 악양에 도착할 것 같습니다."

"검주요?"

"곽청비라고 불리는 여인인데 자신의 문파에서 검주로 불립니다."

"그래서요?"

"이건 진짜 만약입니다만 그녀를 만나게 되면 무조건 피하십시오."

"제가 그래야 할 이유가 있습니까?"

"자세한 설명은 약조를 한 것이 있어서 할 수 없지만, 진 형을 보면 귀찮아질 수도 있어서 그럽니다."

"그거라면 제가 굳이 걱정할 이유는 없을 것 같군요."

"보통은 그런데, 지금 악양은 조금이라도 수상한 자들은 무조건 조사를 하고 있지 않습니까? 곽청비는 진 형을 보자마자 의심을 할 겁니다."

진무성의 표정이 살짝 변했다.

"제게 의심할 것이 뭐가 있다고 의심을 합니까?"

"그냥 한 말입니다. 그럼 좋은 시간 보내십시오. 곧 다시 보게 되겠지요."

"다시 보게 될 일이 있을지 모르겠습니다."

"그건 걱정 마십시오. 우린 인연이 있어서 만나기 싫어도 만나게 될 겁니다."

말을 마친 백리령하는 훌쩍 삼 층에서 그대로 뛰어내리더니 순식간에 사라져 버렸다.

'대단한 신법이군.'

진무성은 자신의 눈조차 따르지 못할 정도로 빠르게 사라진 그녀를 보며 놀란 표정을 지었다.

'무림에 기인이사가 많다더니 그 말이 전혀 틀린 것이 아니었어…….'

그녀의 주위를 따라다니는 사람들도 그에게 죽은 혈사

련의 고수들의 실력을 능가했다.

진무성은 그녀가 떠나기 전 남긴 말에 대해 곰곰이 생각했다.

그리고 곧 그의 눈에 이채가 나타났다.

'이제 보니 나를 따라다닌 것이 오로지 나와 친분을 쌓기 위한 것만은 아닌 것 같은데?'

그러자 그동안 백리령하가 의아할 정도로 그를 따라다닌 것이 이해가 되었다.

"나를 의심하고 있었어…… 재미있는 여인이군. 그럼 계획을 좀 변경해야 하나?"

진무성의 머리가 빠르게 돌기 시작했다.

그는 곧 중요한 계획을 시작할 생각이었다. 그런데 지금 변수가 생겼음을 직감했다.

* * *

[공주님, 저자를 계속 따라다니시는 이유를 모르겠습니다.]

악양루에서 벗어나자 백리령하의 곁에 검노가 붙었다.

[검노가 보기에 저 남자 어때?]

그녀가 저자도 아니고 저 사람도 아닌 저 남자라고 하

자 그는 의아한 표정으로 반문했다.

[남자요?]

[왜 나는 남자란 말을 하면 안 돼?]

[공주님께서 언제나 남장을 하시고 남자처럼 행동을 하시기에 남자에게는 관심이 없으신 줄 알았습니다.]

[남자처럼 하고 다니면 남자에게 관심이 없어야 하는 건가? 그리고 내가 물어본 것은 그런 의미가 아니야.]

[그럼 다른 이유가 있다는 것입니까?]

[저 남자 어떠냐고 물었잖아? 말해 봐.]

[글쎄요? 덩치가 크고 신체가 잘 빠진 것이 무재는 있어 보이지만 특별히 고수라는 생각은 안 들었습니다. 그리고 얼굴의 자상들을 보면 거친 삶을 살았다는 것은 알 것 같더군요.]

[그러니까 검노의 눈에 평범해 보인다 이거잖아?]

[그…… 렇지요. 혹시 제가 못 본 뭔가가 있는 겁니까?]

[정말 놀랍지 않아?]

[뭐가 말입니까?]

[저 나이에 검노의 눈까지 속일 수 있다는 것이 말이야]

[그럼 공주님께서 다른 것을 보신 것입니까?]

몸을 돌린 백리령하는 멀리 보이는 악양루의 난간에 아

직 서 있는 진무성을 보며 씨익! 미소를 지었다.

'기다려요. 당신이란 사람이 어떤 사람인지 제가 곧 알아낼 테니까. 그리고 정식으로 호형호제 하자구요.'

우연히 만난 진무성을 다짜고짜 쫓아간 것은 그녀조차도 아직 그 이유를 알아내지 못하고 있었다.

남녀 간의 감정에 대해 아는 것이 전혀 없었기 때문이었다.

그게 첫눈에 반한다는 그런 감정은 아닐까 하는 생각을 어렴풋이 하긴 했지만 솔직히 자신이 남자에게 첫눈에 반하는 일이 벌어질 것이라고는 상상을 못했기에 애써 부정하고 말았었다.

하지만 그가 자신을 밀어내는 상황이 이어지는데도 미움이나 서운함보다는 사귀고 싶다는 마음이 더욱 강해지는 것을 느끼자 자신이 그를 좋아하고 있음이 맞다는 생각이 들었다.

그런데 진무성과 만나는 시간이 길어지면서 그녀는 그에게서 이상함을 느끼기 시작했다.

그가 자신의 기에 전혀 영향을 받지 않는다는 것이었다.

그때부터 그녀는 진무성을 자세히 살피기 시작했다. 그러자 그에게서 의아한 점이 보이기 시작했다.

그녀는 점점 그의 정체에 대해 의구심이 들기 시작했다.

그리고 자신의 임무의 중요 단서가 그가 될지도 모른다는 생각이 들었다.

악양에 도착한 이후, 그녀가 대놓고 그를 따라다닌 이유였다.

[공주님.]

그녀가 아무 말도 없자 검노가 불렀다.

[검노, 지금은 아무것도 묻지 말고 저 사람 들키지 않게 감시하라고 해. 그냥 동선만 알면 돼.]

검노는 의아했지만 그녀가 이러는 이유가 있을 것이라는 것을 느낀 듯 고개를 끄덕였다.

[……알겠습니다.]

* * *

'당가에 무슨 일이 있었을까?'

당영과의 대화 이후, 제갈장청은 고민에 빠졌다. 대화가 끝난 후, 긴급으로 제갈장백에게 보고를 하긴 했지만 세가의 멸문이 언급이 되었으니 불안한 것만은 어쩔 수 없었다.

제갈세가에서는 대무신가를 믿지는 않았지만 그들이 그동안 했던 여러 조언과 예언들을 수집하여 맞는지 안

맞는지에 대해 조사를 했었다.

 그리고 상당 부분이 맞는다는 분석을 했었다.

 그것은 제갈세가에게는 상당히 충격적이었다.

 진짜 미래를 볼 수 있는 자들이 있다면 제갈세가는 존재의 의미가 사라질 수도 있었다. 아무리 기상천외한 책략을 만든다 해도 미래를 아는 자들에게는 아무 소용이 없기 때문이었다.

 하지만 여전히 제갈세가에서는 대무신가가 미래를 본다는 것을 믿지 않았다. 진짜 그런 것을 본다면 대무신가에서 돈을 받고 그것을 판다는 것이 이상했기 때문이었다.

 돈을 벌기 위해서라면 미래를 아는 자체로 얼마든지 큰돈을 벌 수 있기 때문이었다.

 무엇보다 대무신가는 잊을 만하면 이따금 이름이 거론될 정도로 자주 나타나지도 않았다.

 때문에 제갈세가는 이유를 찾아내지는 못했지만 대무신가가 사기 집단이라고 판단을 했었다.

 하나, 사기 집단이라는 것은 그들의 추측일 뿐, 그들의 예언이 상당 부분 맞았기 때문에 예사로이 넘길 수도 없었다.

 '그래! 창귀…… 당가에서 내게 그런 중요한 사실을 말해 준 것은 분명 창귀 때문이야. 창귀의 등장이 무슨 연

관이 있을까?'

제갈장청은 가주의 답변을 기다리고만 있을 수 없다는 판단을 내리고는 몸을 일으켰다.

진무성의 얼굴을 아는 사람은 그밖에 없었다. 그는 직접 악양 시내를 뒤져서라도 진무성을 찾아보기로 했다.

* * *

악양포구.

무림맹의 깃발을 단 커다란 배가 도착하자 수십 명이 넘는 무림맹도들이 내렸다.

그들이 주위를 완벽 차단하자 배에서 한 청년이 천천히 내려왔다.

보기만 해도 주위가 환해질 정도로 잘생긴 얼굴에 몸 전체에서 저절로 풍기는 위풍당당함과 귀티는 누가 보아도 감탄이 나올 정도였다.

그는 주위를 둘러보더니 마련된 마차에 올라탔다. 진지함이 가득한 그의 얼굴에서 이번 임무를 확실히 처리하겠다는 의지가 그대로 보였다.

단목환이었다.

"가지요."

마차 안에서 그의 목소리가 들려오자 한 중년인 출발하라는 손짓을 했다.

또 다른 폭풍을 만들 자가 태풍의 핵으로 변해 버린 악양을 향해 들어가기 시작했다.

* * *

작은 객잔의 방을 하나 얻은 진무성은 들어서자마자 눈을 감고 암흑의 공간으로 빠져들어갔다.

암흑의 공간은 무공을 수련할 때도 그렇지만 계책을 세울 때도 아주 최적의 장소였다.

주위를 둘러본 진무성의 검미가 살짝 꿈틀했다.

암흑의 공간에 만들어졌던 백색의 공간이 시간이 갈수록 붉게 변하며 세력을 더 넓히고 있었기 때문이었다.

'피를 볼수록 점점 붉어지고 있어. 내가 진짜 살인마로 변해 가고 있는걸까?'

자신이 괴물로 변해 가는 것은 아닐까 하는 생각에이 잠시 그를 불안하게 만들었지만 곧 고개를 저었다.

설화영이 그에게 해 준 말이 힘이 된 것이다.

'영 매가 분명 나를 그렇게 두지 않을 거야…….'

설화영을 생각하는 것만으로도 마음이 편해지는 그였다.

곧 자리에 정좌를 하고 앉은 그는 또 다른 태풍을 만들기 위한 준비에 들어갔다.

* * *

진무성이 암흑의 공간에 들어가 있는 동안, 단목환이 도착한 곳은 악양의 제갈세가의 지가였다.

단목환이 도착하자 당영과 제갈태운 그리고 독행개가 문 앞까지 나와 있었다.

지위가 낮은 무밀단의 대주인 단목환을 무뢰단의 단주인 당영이 마중 나온다는 것은 단목환이 무림맹주의 사손이기 때문만은 아니었다.

단목환은 어릴 때부터 정파의 다음대 절대자가 될 것이라고 인정을 받은, 모두가 인정한 천재 중의 천재였기 때문이었다.

"어서 오게."

마차에서 내리는 단목환은 당영이 미소를 지으며 말하자 급히 포권을 하며 공손히 답했다.

"당 단주님께서 직접 나오시다니 영광입니다."

"육 년 만에 출관했지? 고생 많았네."

"아닙니다. 많은 어르신들이 여러 사건들로 힘드신데

저만 폐관하면서 편하게 지낸 것 같아 죄송할 따름입니다."

단목환의 대답을 들으며 제갈태운과 독행개는 감탄한 듯 고개를 끄덕였다.

그 둘은 단목환은 본 적은 없었지만 그에 대한 소문을 너무 많이 들어서인지 오래전부터 알고 있었다는 느낌이 들 정도였다.

"제갈세가의 악양지가주 제갈태운입니다. 우선 안으로 들어가시지요."

"단목환입니다. 감사합니다."

모두는 화기애애한 분위기 속에 안으로 들어갔다.

그의 등장으로 답답한 악양의 상황에서 어떤 변화가 있게 될지는 아직 알 수 없었다.

* * *

암흑의 공간에서 나온 진무성은 자리에서 일어나 창가로 다가갔다.

창을 연 진무성의 눈에 커다란 달과 쏟아질 듯한 수많은 별들이 들어왔다.

하늘을 유심히 보던 진무성은 고개를 갸웃했다.

'뭐야? 설마…… 이 늙은이…… 허허~ 악마와 같은 자에게 하늘은 어찌 이런 능력을 준 거지?'

분명 자신은 하늘의 별자리조차 모르는 문외한이었다. 그런데 하늘의 천기가 읽히고 있었다. 분명 그것은 마노야의 능력으로 보였다.

진무성은 마노야란 자가 정말 만년음양천지음양과를 섭취하고 자신을 완전히 장악했다면 천하는 정말 혈해(血海)로 변했을 것 같다는 생각이 들었다.

물론 지금 당장 천기가 무엇을 뜻하는지 알 수 없었다. 하지만 지금까지의 경험으로 미루어 시간이 지나면 천기까지 분석할 수 있을 것이 분명했다.

마노야의 지식은 한 번에 각인되는 경우도 있었지만 대부분은 느낀 후 차츰차츰 자세한 지식이 기억나는 식으로 발전해 왔기 때문이었다.

진무성은 어쩌면 자신이 세상에서 가장 무서운 자를 제압했을지도 모른다는 생각이 언뜻 들었다.

창문을 닫은 진무성은 문을 열고 방 밖으로 나갔다. 이미 시간은 자시가 넘어가고 있었다.

백리령하를 비롯한 변수의 등장으로 수정된 계획을 시작할 생각이었다.

'나를 의심하는 자들이 많아진 건가?'

밖에 나온 진무성은 무림인들로 보이는 자들 십여 명이 객잔 주위에 포진하고 있음을 느끼자 검미를 살짝 찌푸렸다.

그들이 자신을 특정한 것은 아님을 알 수 있었다.

하지만 감시자들이 갑자기 많아졌다는 사실은 자신을 추적하는 자들이 점점 자신에게 가까워지고 있다는 의미이기도 했다.

진무성은 생각은 그렇게 하면서도 그들에게 자신의 모습을 보이는 것을 전혀 꺼려하지 않는 듯 천천히 객잔밖으로 걸어나갔다.

[저자 맞지?]

진무성을 본 누군가가 자신의 동료에게 전음을 보냈다.

[맞습니다. 그런데 어르신께서는 왜 저런 평범한 자를 감시하라고 하신겁니까?]

[나도 모른다. 갑자기 명령을 내리셨다.]

천외천궁의 무력대인 천원단의 요원인 그들은 절대로 존재가 밝혀지면 안 되었다. 천외천궁이 무림의 일에 관여하는 것을 엄금하고 있었기 때문이었다.

그런 규율을 가장 잘 아는 검노가 특정인을 감시하라고 명령한 것은 그들이 강호에 나온 임무와 연관이 되어 있다는 의미였다.

한데 그들이 본 진무성은 그리 중요한 인물 같지가 않았던 것이다.

진무성은 자신을 미행하는 자들이 단 두 명이라는 것을 확인하자 아직 자신의 정체가 많은 사람에게 의심을 받는 것은 아니라고 판단했다.

진무성이 도착한 곳은 악양 외곽에 있는 기루를 겸하는 주루였다.

중심가의 주루나 기루들처럼 화려하지는 않았지만 규모는 꽤 컸다.

대로의 암살 사건으로 사람의 통행이 많이 줄어든 상황이었음에도 이곳은 상당히 손님이 많았다.

진무성이 안에 들어서자 점소이가 다가왔다.

"어서 오십시오."

"기루의 음식이 맛있습니까 아니면 주루의 음식이 맛있습니까?"

어찌 보면 너무 황당한 질문이 아닐 수 없었다.

하지만 점소이는 마치 약속이라도 된 듯 허리를 숙이며 말했다.

"저를 따라오십시오."

진무성은 점소이의 뒤를 따라 어디론가 향했다. 그가

도착한 곳은 상당히 화려하게 꾸며진 방 안이었다.

"안에서 잠시만 기다리십시오."

마치 예약이라도 한 듯, 방의 중앙에는 산해진미가 놓인 식탁이 놓여 있었다.

"수고하셨습니다."

점소이에게 감사 인사를 한 진무성은 주위를 한 번 둘러보더니 자리에 앉았다.

어디를 가던 주위를 둘러보는 것은 가욕관에서 정찰을 다니면서 생긴 버릇이었다.

진무성이 자리에 앉자마자 기다렸다는 듯이 문이 열리며 기복(妓服)을 입은 여인이 들어서며 진무성의 앞에 공손히 예를 갖춰 말했다.

"소녀는 항선이라고 하옵니다. 진 대인께 인사 드립니다."

예상 못한 여인의 등장에 진무성은 약간 당황한 듯 물었다.

"예 총관님과 만나기로 했는데 여자분이 들어올 줄은 몰랐습니다."

"지금 악양에 최소한 천 명은 넘는 무림인들이 몰려와 창귀라는 무림인을 찾기 위해 사방을 뒤지고 있습니다. 조금이라도 이상하면 잡아가 심문을 하기에 예 어르신께서도 움직이기가 쉽지 않으신 듯합니다. 대신 제게 서찰을 전해 드리라고 하셨습니다."

항선은 비록 기녀였지만 설화영이 이끄는 조직에서 상당히 중요한 위치에 있었다. 하지만 그녀도 진무성이 창귀라는 사실은 모르고 있는 듯했다.

진무성은 아무 말없이 그녀가 내미는 서찰을 펼쳤다.

서찰에는 지금 절강에서 개파를 준비하는 천의문의 진척 상황과 그가 합비에 다녀온 동안 악양에서 일어난 여러 사건과 정보들이 적혀 있었다.

서찰을 다 읽은 진무성은 항선을 보며 물었다.

"제가 질문을 좀 해도 됩니까?"

"진 대인께서 묻는 것은 무엇이든 거짓없이 답하라는 아가씨의 당부가 있었습니다. 물어보십시오."

"서찰을 보면 쉽게 알 수 없는 정보들이 많은데 영 매의 조직이 이 정도로 방대한 것입니까?"

"아가씨께서는 하오문의 도움을 많이 받으십니다. 사람들은 하오문을 우습게 보지만 하오문에는 천한 일을 하는 사람들이 모여 만든 모든 조직들을 총 망라하고 있습니다. 흑도파들도 있고 도방(賭幫) 같이 못된 짓을 하는 자들도 많지만 정보망 하나만은 개방도 따르지 못할 정도로 방대합니다. 특히 각 지역의 정보 상인들은 그 지역에 대한 정보를 누구보다도 빠르고 정확하게 입수합니다."

"그럼 하오문을 흡수한다면 앉은 자리에서 가장 좋은 정보 조직을 얻는 것이 되겠군요?"

"맞는 말이긴 합니다. 하나, 하오문은 흡수 자체가 불가능한 조직입니다. 하오문주가 있긴 하지만 그조차도 하오문의 모든 것을 모른다고 할 정도이니까요. 그들을 흡수하지는 못해도 이용할 수 있는 가장 좋은 방법은 돈입니다."

진무성은 알겠다는 듯 고개를 끄덕였지만 뭔가 마음에 안 든다는 표정을 지었다.

돈으로 이용하는 자들의 가장 큰 단점이 더 큰 돈을 주는 자에게 이용하는 자들의 정보를 팔 수도 있다는 것이었다. 그리고 그 단점은 모든 장점을 다 덮을 정도로 큰 단점이라고 할 수 있었다.

"믿고 이용할 수 있는 조직은 아니군요?"

"그래서 그들의 정보는 반드시 분석을 한 번 해야 합니다. 그러나 그 서찰에 적힌 정보들은 충분히 믿으셔도 됩니다. 세력들의 동향을 살피는 것은 그들에게 큰돈이 되는 정보는 아니니까요."

잠시 생각하던 진무성은 재미있는 생각이 난 듯 물었다.

"혹시 창귀에 대한 정보도 알아볼 수 있겠습니까?"
"창귀요?"
"예, 창귀."
"이미 여러 세력에서 창귀에 대해 알아보았다고 들었습니다. 하지만 하오문에서도 창귀만은 아직 알아내지 못했다고 합니다. 하지만 그들도 큰돈이 된다는 것을 알고 있으니 지금 열심히 창귀에 대해 알아보고 있을 것입니다."

그때 진무성의 머리에서 하오문에 대한 정보가 막 떠오르기 시작했다. 마노야 역시 하오문에 대해 관심을 가지고 있었는지 예상보다 많은 정보가 들어오기 시작했다.

물론 오래전의 정보인지라 지금의 하오문과는 상당 부분에서 달라졌겠지만 이해하는 데는 큰 도움이 될 수밖에 없었다.

'하오문을 흡수하는 것이 불가능하다…… 아니야, 세상에 불가능한 것이 어디 있어.'

진무성의 계획에 또 하나가 더해지고 있었다.

* * *

장길용의 거처에 마물고 있던 금안비응은 묘시가 다 되

어 가고 있음에도 잠자리에 들지 못하고 있었다.

'지금 악양의 상황에서 창귀를 찾는 것도 어렵지만 찾는다 해도 오히려 우리가 당할 확률이 더 높다. 그렇다고 아무 행동도 취하지 않는다면 총단에서 나를 죽일 수도 있어……'

그는 지금 갈등 중이었다.

암흑무림에 원군을 청하고 싶어도 온 지 며칠도 안 되어 원군을 청한다면 위에서 그를 어떻게 볼지 뻔했다.

그때 밖에서 부영주인 삭혼도의 음성이 들려왔다.

"영주님, 누군가 서찰을 보내왔습니다."

"서찰? 누가 보낸 것이냐?"

"모르겠습니다. 서찰이 묶인 화살이 대들보에 박혀 있었습니다."

"누가 이곳에 화살을 날렸다는 말이냐?"

"그런 것 같습니다."

"그런 것 같다니! 지금 이곳에 본 단의 단원들이 몇 명이나 있는데 누가 화살을 날렸는지도 모른다는 것이 말이 되느냐!"

"죄송합니다."

"언제쯤 날아온 것이냐?"

"인시쯤인 것 같은데 그것 역시 확실치가 않습니다."

금안비응의 표정이 일그러졌다.

그들의 경계망이 완전히 무너졌다는 것이나 마찬가지였기 때문이었다. 아니 누군가에게 희롱을 당했다고 해도 과언은 아니었다.

"갖고와 봐라."

"예!"

삭혼도는 불안한 표정으로 다가오더니 서찰을 공손히 바쳤다.

그리고 서찰을 펼친 그의 눈이 휘둥그래지면서 자리에서 벌떡 일어섰다.

"이, 이게 왜 갑자기……."

무, 무슨 일이 벌어졌습니까?"

"삭혼도!"

"예, 영주님."

"당장 총단에 전서를 보낼 준비를 해라."

너무 놀라는 그의 모습에 식혼도 역시 깜짝놀라 급히 나갔다.

* * *

그런데 경악을 하고 있는 곳은 금안비응만이 아니었다.

혈사련이 모여 있는 한 장원안.

야차귀도의 죽음을 조사하러 나온 태행일괴등 까지 모두 피살당한 혈사련에서는 이번에 혈살단의 단주인 혈궁귀살이 직접 악양에 급파한 상태였다.

 하지만 높은 지위에 있는 자가 왔다고 창귀를 찾는 수색작업이 더 잘 될 이유는 없었다.

 그런데 잠을 자던 그에게 급보가 올라왔다.

 누군가 그들이 있는 곳을 향해 화살을 날렸고 거기에 서찰 하나가 묶여 있었던 것이다.

 그리고 서찰을 읽은 혈궁귀살은 소스라치게 놀라며 벌떡 일어섰다.

 도대체 서찰에 무엇이 적혀 있길래 혈궁귀살 같은 대마두가 이렇게 놀라는 걸까……

8장

"왜, 왜 그러십니까?"

영주인 냉혈독검이 놀란 듯 물었다.

"아, 아니다."

흥분했던 혈궁귀살은 마음을 안정시키며 의자에 앉았다. 그리고 다시 서찰을 읽기 시작했다.

'도대체 누가 이런 서찰을 보냈지? 함정일까? 거짓이라면…….'

하지만 그는 곧 고개를 저었다.

서찰에 적힌 정보는 다른 자들은 절대로 알 수 없는 것이었기 때문이었다.

"단주님, 무슨 일인지 말씀해 주십시오."

또 다른 영주인 마귀혈도도 불안한 표정으로 물었다. 그가 이렇게 놀라는 모습을 본 적이 거의 없었기 때문이었다.

"마귀혈도 너는 지금 나가 있는 수하들에게 모두 돌아오라고 명을 내려라."

"예?"

창귀를 찾는 일은 련주인 파천혈마가 직접 내린 명령이었다. 시급을 다투는 일로 더 많은 수하들을 내보내야 할 판에 오히려 모두 들어오라니?

마귀혈도의 반문에 혈궁귀살은 크게 소리쳤다.

"이따 묻고 우선 한 명도 빠짐없이 불러들여라."

"알겠습니다."

마귀혈도가 나가자 이번에는 냉혈독검을 보며 명을 내렸다.

"냉혈독검 너는 모두에게 전투할 준비를 시켜라. 돌아오는 수하들도 모두 마찬가지다."

"전투 준비입니까?"

"전투가 없으면 더 좋겠지만 순순히 내놓을 리는 만무하니 어쩔 수 없다. 뭐하냐! 빨리 준비해라."

혈궁귀살의 말에 냉혈독검은 서찰 때문임을 직감했지만 허둥대다시피 급하게 재촉하는 통에 더 물을 수는 없었다.

냉혈독검까지 나가자 그는 종이를 꺼내 뭔가를 급히 적더니 옆에 놓인 천으로 덮어 놓은 큰 통에 손을 집어넣어 무엇인가를 꺼냈다.
　안에서 나온 것은 전서구였다.
　그는 급히 적은 종이를 전서구의 발에 달린 전서통에 넣더니 하늘로 날려 보냈다.
　밤에는 전서를 날리는 것은 금기 사항처럼 되어 있었다. 전서구가 밤에 활동하는 새가 아닌지라 밤에는 방향을 잘못 잡을 수도 있었기 때문이었다. 무엇보다 특히 맹금류(猛禽類)의 공격에 가장 취약한 시기가 밤이었다.
　그것을 잘 아는 그가 아직 날이 밝기 전인 새벽에 전서를 날린다는 것은 그만큼 매우 중요하다는 방증이었다.

　　　　　　　＊　＊　＊

　혈궁귀살과 마찬가지로 금안비응 역시 모든 수하들을 불러들이라는 명을 내렸다.
　"모두 들어왔느냐?"
　"예!"
　"몇 명이나 되느냐?"
　"삼백 명은 될 것 같습니다."

"전서는 보냈지?"

"예, 그런데 무슨 일이신지 여쭈어 봐도 되겠습니까?"

삭혼도는 지금 상황이 이해가 안 되는지 조심스럽게 물었다.

"내일이면 장로님께서 직접 오실 거다. 내가 직접 너희에게 말할 수 없다."

"장로님께서 오십니까?"

이유는 말해 줄 수 없다면서 암흑무림의 최고 간부급인 장로가 직접 온다니……

삭혼도는 서찰에 엄청난 정보가 있었다는 것을 직감하고는 공손히 답했다.

"알겠습니다. 그럼 이제 무엇을 하면 되겠습니까?"

"큰 전투가 있을지도 모른다. 모두 몸을 풀면서 대기하라고 해라."

"전투가 있습니까?"

"정확히는 나도 모르겠다. 하지만 매우 큰 전투가 있을 수도 있으니 일단 미리 준비해 두는 것이다."

"알겠습니다. 당장 준비를 지시하겠습니다."

삭혼도가 나가자 금안비응은 한 번 더 서찰을 읽기 시작했다.

* * *

 암흑무림과 혈사련이 전투 준비에 박차를 가는 동안 어느덧 날이 밝아 왔다.
 "단주님, 정필용입니다."
 아침 식사를 하고 있던 이군병과 은태인은 의아한 표정으로 대답을 했다. 식사를 하는 중에는 아주 중요한 일이 아니면 찾아오지 않도록 했기 때문이었다.
 "들어와라."
 정필용이 들어서자 은태인이 물었다.
 "무슨 일인데, 식사 중에 찾아온 거냐?"
 "창귀에게서 연락이 왔습니다."
 "뭐야! 창귀 놈이 연락을 해?"
 은태인은 어이가 없다는 듯 벌떡 일어서며 소리쳤다. 그러자 이군병이 침착한 표정으로 물었다.
 "창귀가 직접 오지는 않았을 거고. 서찰이라도 보낸 것이냐?"
 "정문에 봉서가 꽂혀 있었습니다."
 "이리 줘 봐라."
 예!"
 봉서를 받은 이군병은 봉투의 겉면에 창귀라는 단어가

크게 적혀 있는 것을 보자 검미를 찌푸렸다.

"이놈이 우리가 여기 있는 것은 어떻게 안 거지?"

흥분했던 은태인도 그 사이 좀 진정이 된 듯 자리에 앉아 말했다.

"빨리 내용부터 보자."

이군병은 봉투를 열었다.

그리고 그의 검미가 확 좁아졌다.

"이놈이 지금 뭔 수작이지?"

"뭔데 그래?"

은태인은 서찰을 빼앗듯 가져오더니 대로한 표정을 지으며 소리쳤다.

"이놈이 지금 우리를 가지고 농락을 하려고 하는구나!"

"생각 좀 하게, 조용히 해 봐라."

은태인의 입을 막은 이군병은 서찰의 내용을 꼼꼼히 분석하기 시작했다.

서찰에는 자신이 죽이려고 한 자들은 혈사련과 암흑무림이었다.

그런데 당신들과 원치 않게 엮였다. 나는 당신들과는 적이 아닌 친구가 되고 싶다. 그러니 서로 화해를 하는 것이 어떻겠냐고 라고 적혀 있었다.

간부인 장백과 허굉, 그리고 제자들 백 명이 넘게 죽인

자가 편지 한 장 보내서 실수였으니 화해하자는 것은 무림인들에게는 조롱으로 들릴 수밖에 없었다.

더욱 기함할 내용은 오늘 밤에 찾아오겠다는 것이었다.

'이자가 원하는 것이 뭘까? 뭔가 수작을 부리는 것이 분명한데 도대체 알 수가 없어……'

이군병은 서찰의 내용이 여러 면에서 이치에 맞지 않은 점들을 발견했지만 창귀가 무엇을 노리는 것인지는 전혀 짐작할 수가 없었다.

우선 혈사련과 암흑무림은 정확히 문파 이름을 적었다. 그러나 그들은 당신들이라고 지칭하고 있었다.

대무신가는 모르고 있다는 의미였다.

"이놈이 우리가 누구인지도 모르면서 여기에 있다는 것은 어떻게 알았을까?"

"제가 생각하기에 창귀는 한 명이 아닌 것 같습니다. 이런 것은 절대로 혼자서 알아낼 수 없습니다."

오랫동안 지가를 운영하며 정보 수집을 주로 하던 정필용은 창귀가 혼자서 이런 정보를 얻는다는 것은 불가능하다는 것을 알고 있었다.

"창귀가 어떤 세력의 하수인일 수도 있다는 말이냐?"

"수괴일 수도 있겠지만 수괴가 직접 나서서 일을 벌이

고 다닌다는 것도 좀 이상하지 않겠습니까? 그렇다면 하수인으로 보는 것이 맞다고 생각됩니다."

징필용의 말은 일견 타당성이 있었다. 하지만 그가 신처럼 받드는 사공무경이 모든 일을 우선해 처리하라고 한 자가 일개 세력의 하수인이라는 것은 있을 수 없는 일이었다.

"지금 그게 중요하냐! 이놈이 감히 이곳으로 온다고 하지 않느냐? 우선 그놈을 잡아 족칠 준비부터 하는 것이 급선무라고 본다."

듣고 있던 은태인이 끼어들자 이군병도 고개를 끄덕이며 말했다.

"정 가주."

"예, 단주님."

"우선 모든 제자들을 불러들여라. 그리고 그놈이 나타나는 순간 우선 잡는다. 준비시켜라."

"예!"

정필용이 나가자 은태인이 이군병을 보며 말했다.

"이놈이 함정을 판 것은 아니겠지?"

"함정을 판다면 우리를 다른 곳으로 불러야 맞다. 자신이 이곳으로 온다는 것은 오히려 우리에게 함정을 파라고 알리는 것이 아니겠느냐?"

"듣고 보니 그러네? 그럼 이놈이 뭘 하려고 하는 거지?"
"그런데 왜 하필 오늘 찾아온다는 걸까?"
"뭐든 상관있겠냐? 아무래도 이놈이 장백 노사와 허굉을 죽이고 우리를 만만히 본 것 같다. 스스로 모습을 드러낸다는 데 오히려 잘됐다고 본다."

은태인의 말에 이군병도 고개를 끄덕였다.

사실 그는 도착하면 뭔가 단서가 나올 것으로 예상을 했었다. 그들은 누군가를 찾아내는 것에 특화되어 있었기 때문이었다. 그러나 막상 와 보니 창귀를 찾는 일은 쉽지 않았다. 오죽했으면, 그의 별호처럼 진짜 귀신은 아닐까 하는 이상한 상상을 할 정도였다.

그렇게 많은 살생을 저질렀고 많은 곳에서 행적을 드러냈음에도 바늘 같은 작은 흔적조차 찾을 수 없었기 때문이었다.

"그래 네 말대로 스스로 나타난다니 환영을 하는 것이 맞겠지."

말하는 이군병의 얼굴에 살소가 나타났다.

* * *

소면 한 그릇을 천천히 먹은 진무성은 창밖을 보며 희

미하게 미소를 지었다.

 그렇게 돌아다니던 자들의 수가 확연하게 줄었기 때문이었다. 그를 잡기 위해 몰려든 혈사련과 암흑무림의 수하들이 다 철수를 했기 때문이었다.

 '하루의 시간을 줬으니 최대한 모아라. 다시는 나를 쫓을 생각을 못하게 해 줄 것이다.'

 정체를 알 수 없는 자의 서찰 한 장으로 혈사련과 암흑무림으로 하여금 정체불명의 세력을 공격하게 만드는 것은 쉬운 일이 아니었다.

 아니 불가능한 일이었다.

 함정인지 어떤 놈의 헛소리인지 알 수도 없는 상황에서 최대한 많은 전력을 준비해서 지정된 장소에 있는 세력을 공격하게 하기 위해서는 그들에게 절대 포기할 수 없는 미끼를 던져야 했다.

 그리고 진무성에게는 그 미끼가 있었다.

 그가 양기율에게 사람을 보내 허락을 구한 것도 바로 그것 때문이었다.

 세상에 나타나기만 하면 혈풍을 불러 온다는 제황병이었다.

 양기율은 무림인들에게 제황병이 황궁 안에 있다는 소문이 퍼진다면 황궁까지도 쳐들어올 것이라고 했다. 그 말은 제황병이라는 말만 나오면 무림인들의 눈이 휙까닥 한다는 의미였다.

 제황병을 이용하여 껄끄러운 적들을 유인해 역시 깔끄러운 적들과 싸우게 만들 수 있다면 금상첨화가 아닐 수 없었다.

 물론 조금만 실수를 하여 제황병이 진무성의 손에 있고 그것을 이용해 다른 세력끼리 싸우도록 부추겼다는 것이 밝혀진다면 진무성에게 무림 공적의 굴레가 씌워질 터였다. 그렇게 되면 전 무림의 추격을 받을 수도 있는 너무 위험한 계획이라고 봐야 했다.

 무림인을 질색하며 절대로 무림인은 되지 않겠다고 했던 진무성이 이렇게까지 일을 키우는 이유가 무엇일까······

 자신의 동생의 죽음에 연관된 자들을 제거해 나가면서 많은 정보를 얻은 때문이었다.

 양민들의 인생을 망치는 그들의 악행은 인신매매뿐만이 아니었다. 염왕채, 도박장, 마약 거기에 보호비를 빙자한 괴롭힘 등 손으로 세기 어려울 정도였다.

 그리고 그 정점에 있는 자들이 무림 세력이라는 것을 안 것이다.

 '하늘이 내게 이런 힘을 갖게 한 이유가 분명 있을 거야.'
 정의니 협의니 대승적인 이유는 그에게 사치일 뿐이었

다. 스스로를 양민이라고 자신을 정의한 그는 살기 위해서 악당들을 제거해야 했다.

* * *

"기루에 가서 기녀와 두 시진 동안 놀았다는 거야?"
"놀았는지 대화만 나눈 것인지는 알 수 없다고 했습니다."
"밤에 객잔을 나간 사람이 기루에 가서 기녀를 만났으면 논 거 아닌가?"

백리령하는 남자들이 기루에 가서 기녀들과 노는 것에 대해서 매우 관대한 편이었다. 심지어 그녀는 남자인 척하며 기루에 가서 기녀를 불러 논 적이 있을 정도였다.

그런데 진무성이 기루에 갔다는 말은 이상하게 그녀의 심기를 건드렸다.

검노는 백리령하의 말 속에 은근한 날카로움이 있자, 다시 부언했다.

"기루에 간 자라고 보기에는 나올 때 옷차림이 매우 단정했다고 합니다. 어쩌면 그자가 기녀를 만난 것이 아니라 다른 볼일을 본 것은 아닌가 하는 생각도 들었습니다."
"그래? 하긴 기녀를 좋아할 남자는 아니었어."

기분이 조금 풀린 듯 말한 그녀는 다시 물었다.
"기루에서 나온 다음에는 어디로 갔어?"
"그냥 다시 객잔으로 돌아갔다고 합니다."
"객잔으로 돌아가? 그럼 방 안에서 계속 잔 것은 확인했어?"
"거기까지는 알 수 없었다고 합니다."
잠시 생각한 그녀는 다시 물었다.
"지금 어디 있어?"
"악양 태화루에서 식사를 하고 있다고 합니다."
백리령하는 몸을 일으키며 말했다.
"아무래도 내가 직접 가서 만나 봐야겠다."
굳이 또 직접 가려고 하는 그녀를 보며 검노는 고개를 갸웃했다.
공적인 임무를 위해서인지 아니면 사적인 감정을 위해서 만나려고 하는지 판단이 안 되었기 때문이었다.
하지만 나가는 그녀의 발걸음은 왠지 매우 가벼웠다.

* * *

'저분이 왜 저렇게 돌아다니시지? 누구를 찾는 건가?'
창밖을 보던 진무성은 낯익은 얼굴이 보이자 의아한 표

정을 지었다. 두리번거리는 것으로 보아 누군가를 찾는 것처럼 보였기 때문이었다.

잠시 생각하던 그의 얼굴에 미소가 나타났다.

'이제 보니 나를 찾는 모양이군.'

지금 이곳에서 자신의 정체를 아는 사람은 제갈장청이 유일했다.

진무성은 그에게 살짝 기를 보냈다.

그러자 제갈장청의 시선이 그를 향했다.

[제갈 선배님, 혹시 저를 찾으시는 겁니까?]

제갈장청은 진무성을 보았지만 즉시 알아채지 못했다. 그러나 곧 이은 전음에 얼굴이 환해지며 주루 안으로 들어갔다.

제갈장청과 같은 고수가 정면에서 얼굴을 보며 대화를 나누었던 진무성을 즉시 알아채지 못했다는 것은 매우 이상한 일이었지만 그는 이상함을 알아채지 못했다.

[진 대협, 제가 앞에 앉아도 되겠습니까?]

이 층으로 올라온 제갈장청은 전음으로 먼저 물었다. 진무성은 몰라도 제갈장청과 대화를 한다면 다른 무림인들에게 존재를 알리게 될 수도 있기 때문이었다.

"괜찮습니다. 앉으십시오."

제갈장청이 앉자 진무성이 다시 물었다.

"굳이 일부러 저를 찾으러 나오신 이유가 있으실 것 같은데 말씀해 보시지요."

"제가 진 대협을 찾아온 것을 아셨습니까?"

"제가 보기보다 눈치가 빠릅니다."

"좀 이상한 일이 있었습니다."

제갈장청은 당영과 나눴던 대화를 자세히 말했다.

"당 대협께서 그렇게 말했다면 선배님 추측이 맞으실 것 같습니다. 그런데 대무신가는 어떤 곳입니까?"

진무성도 이상하다는 생각이 들었는지 다시 물었다. 마노야도 대무신가를 알고 있었는지 그의 기억 속에 대무신가에 대해 여러 정보가 남아 있었다.

하지만 제갈장청이 말한 정보와는 상당 부분 달랐다.

'하긴 그 긴 시간 동안 존속을 해 왔다면 발전이 없이는 불가능했겠지.'

"대무신가는 역사가 아주 긴 조직입니다. 어쩌면 무림보다도 길 수도 있을 겁니다."

무당이나 점쟁이는 선사시대에도 있었다고 하니 맞는 말이었다.

"천기나 보고 점을 치며 예언이나 하던 일개 무가(巫家)가 그렇게 긴 세월을 존속할 수 있었던 비결이 궁금하군요?"

"그건 그들이 무림 문파에 판 조언과 예언들이 신기할 정도로 정확했기 때문입니다. 하지만 제갈세가에서는 사기꾼이라고 확신하고 있습니다."

"사기이건 아니건 분명한 것은 그들의 예언이 상당히 잘 맞는다는 것이 사실이지 않습니까?"

"그렇습니다."

'오대세가가 멸문을 한다……? 오대세가는 무림맹 소속인데 오대세가만 멸문을 할 수 있을까?'

진무성은 대무신가에서 축소한 정보를 넘겼다고 판단했다.

"대무신가란 곳이 상당히 흥미로운 것 같습니다. 하지만 오대세가에 제가 해를 끼칠 일은 없을 것입니다."

자신 있게 말한 진무성은 제갈장청과 당영과의 대화가 상당 부분 모순적이라는 것을 느꼈다.

"진 대협께서 그렇게 말씀해 주시니 안도가 되는군요."

하지만 당영이 왜 창귀에 대해 대화를 나누다가 어찌 보면 세가의 특급 비밀이 될 수도 있는 그런 사실을 말했느냐는 여전히 의문이었다.

'아무래도 당가를 먼저 가 봐야 할 것 같군.'

진무성은 계획을 약간 변경해야겠다는 생각을 했다. 동시에 그의 뇌리에 한 이름이 박혔다.

대무신가였다.

"진 대협, 지금 혈사련과 암흑무림에서 진 대협을 찾기 위해 악양에 대규모로 수하들을 보냈다는 것은 아십니까?"

"알고 있습니다."

"그럼 몸을 피하셔야지 왜 아직 악양에 계시는 것입니까? 혹시 다른 생각이 있으신 겁니까?"

제갈장청은 다시 조심스럽게 물었다.

"제가 선배님과 가주님께 말씀드린 것으로 압니다. 전 누가 저를 추격하면 피하는 사람이 아닙니다. 다시는 추격을 생각도 못하게 경고를 해 줘야지요."

진무성의 말에 제갈장청은 가슴이 철렁했다. 그리고 가주가 진무성의 제안을 받아들인 이유를 알 것 같았다.

"그럼 전 이만 가 보겠습니다.

"예, 그리고 이제 직접 저를 찾아오시는 일은 하지 마십시오."

"그렇게 하겠습니다."

제갈장청이 떠나자 진무성의 머리가 복잡해졌다. 언제나처럼 대무신가에 대해 신경을 쓰자 새로운 정보가 떠오르기 시작했기 때문이었다.

'이 늙은이도 대무신가가 좀 수상하다는 생각을 하긴

했던 모양이군.'

 새로 떠오르는 정보는 놀랍게도 대무신가의 예언이나 천기를 읽는 것이 상당히 정확하다는 것이었다.

 제갈장청의 말처럼 사기는 아니라는 의미였다. 그리고 이어지는 또 다른 정보……

 마노야가 흥미를 느낀 것은 대무신가만이 아니었다.

 점술과 천기에 특화된 대무신가와 맞먹는 또 다른 집단이 있었다.

 관상과 무속에 특화된 현무신녀궁이었다. 현무신녀궁 역시 상당한 예언 능력이 있었다고 기억이 되어 있었던 것이다.

 현무신녀궁!

 순간 진무성의 표정이 싸늘하게 굳어지기 시작했다. 설화영이 자신이 현무신녀궁의 궁주의 딸이라고 했던 것이 생각났기 때문이었다.

 '영 매가 어디를 가던 찾아냈다고 했어…… 대무신가…… 만약 너희가 범인이면 한 놈도 살려 두지 않겠다!'

 그녀를 죽이려고 한 집단의 강력한 용의자가 드디어 수면 위로 떠오른 것이었다.

 "아니, 어떤 작자가 진 형을 이렇게 화나게 한 겁니까?"
 "여긴 또 어떻게 알고 온겁니까?"

진무성은 약간 짜증스러운 표정으로 말했다.

"제 임무가 누구를 좀 찾는 것입니다. 그러다 보니 하루 종일 악양 거리를 쏘다닐 수밖에 없는 거지요. 그러니 진 형과 못 만나면 그게 더 이상한 것 아니겠습니까?"

"뭐, 만날 수야 있겠지요. 하지만 말을 걸 필요는 없지 않겠습니까?"

"인사만 해도 인연인데 저희는 특별한 사이 아닙니까? 오랜만에 만났는데 당연히 인사를 해야요."

백리령하는 눈치를 슬쩍 보더니 진무성의 앞자리에 은근슬쩍 앉았다.

"저희가 만난 것이 어제입니다. 오랜만은 무슨……."

"저희가 헤어진 것이 어제였습니까? 그런데 왜 전 일 년은 된 것 같지요?"

"할 말이 뭡니까?"

"제가 악양에 사람을 찾으려고 왔는데 말입니다."

"그건 이미 말씀하셨지 않습니까?"

"그런데 아무리 찾아도 없는 겁니다."

"찾는 사람이 없다면 이곳에 없다고 봐야 하지 않겠습니까?"

"아니 분명 아직은 있습니다."

"그럼 곧 찾겠지요."

"그래서 생각을 바꿔 보았습니다. 얼굴도 이름도 모르면서 그냥 짐작한 모습을 대상으로 찾는 것보다는 의심을 사지 않을 사람들 중에 있는 것은 아닐까 하고 말입니다."

"그럼 그렇게 찾으시면 되겠군요."

"그래서 진 형 말씀대로 그렇게 찾아보았습니다. 그랬더니 그 범위가 아주 좁혀지더군요."

"그럼 거의 다 찾은 것 같군요? 그럼 빨리 그 사람이나 만나러 가지 왜 여기에 계신 겁니까?"

"아~ 그래서 그 사람을 찾아온 것입니다."

잠시 둘은 말없이 서로를 쳐다보았다. 그리고 진무성이 입을 열었다.

"그 말의 의미가 제가 생각하는 그것은 아니겠지요?"

"맞습니다. 진 형께서 제가 찾는 자가 아니라 해도 최소한 눈여겨볼 만한 분이라는 것은 확실하다고 봅니다."

"공자께서 찾는 사람이 누굽니까?"

순간 백리령하의 얼굴에 환한 웃음이 나타났다. 앞에 철벽을 치고 조금의 틈도 안 주던 진무성이 자신에게 반문을 했다는 것은 둘의 관계가 진전이 되었음을 의미하기 때문이었다.

"진 형께서도 들어 보셨을 겁니다. 요즘 무림에서 제일 유명한 자니까요. 창귀입니다."

말을 끝낸 백리령하의 눈은 진무성의 얼굴을 훑었다. 그리고 그녀의 눈가가 당황한 듯 파르르 떨렸다.
 그녀의 말은 사실 진무성에게 당신이 창귀입니까 하고 직접적으로 물은 것이나 마찬가지였다. 하지만 그녀의 본심은 창귀만큼 알아보아야 할 사람이라고 생각했을 뿐, 창귀라고 생각하지는 않았다.
 아니 창귀는 절대 아니라고 생각했었다.
 그리고 그것을 증명하듯 진무성은 흔들림이 전혀 없었다. 자신이 진짜 창귀라면 이런 말을 듣고 이런 태연함을 보이기는 힘들었다.
 그런데 백리령하는 다른 사람들과는 생각하는 것이 달랐다. 그녀는 약간 긴장한 표정으로 다시 말했다.
 "진 형께서 말을 안 하시는 바람에 순간적으로 진짜 창귀이신가? 하고 오해할 뻔했습니다."
 우회적인 말이었지만 의미는 분명했다.
 아니면 아니라고 해라.
 진무성은 고개를 끄덕이더니 입을 열었다.
 "저 같은 무명소졸을 창귀하고 비교를 하시다니 근래 제가 들은 말 중에 가장 기상천외한 말이군요. 그런데 백리 공자 같은 분이 창귀 같이 무시무시한 사람을 찾는 이유가 뭡니까?"

그녀의 질문을 교묘하게 비껴 가며 슬쩍 화제의 방향을 바꾸는 그였다.

"그건…… 솔직히 누구에게나 함부로 발설하면 안 되는 비밀이지만 진 형이니까 말씀드리지요."

계속 창귀냐 아니냐로 묻는 것은 대화만 깨질 것이라고 판단한 그녀는 우선 진무성과 비밀을 공유하는 사이로 한 단계 올리기로 했다.

"비밀이라면 굳이 말씀하시지 않아도 됩니다."

"제가 다른 것은 몰라도 사람 보는 눈이 아주 좋습니다. 진 형은 믿을 만한 분이라고 확신합니다."

진무성에게 믿을 만한 사람이라고 강조한 것은 나도 믿어라라는 의미였다.

그리고 그녀는 조심스럽게 말을 이어 갔다.

"저는 무림에 마교가 다시 나타났다는 징조가 보여 그것을 찾기 위해 나왔습니다."

"마교를 찾는데 왜 창귀를 찾는 겁니까?"

"창귀의 창술이 마교의 창마종의 창술과 비슷하다는 판단 때문이지요."

"창마종이요?"

"천마를 보좌하던 구마종 중의 한 명입니다. 다만 다른 마종들에 묻혀 사람들에게 회자되지는 않았지요."

"백리 공자께서는 마교에 대해 아주 잘 아시는 모양입니다."

"천외천궁은 무림에 위기가 닥치면 돕기 위해 무림의 기인이사들이 모여 만든 곳입니다. 특히 본 궁은 마교의 출몰을 가장 위험하다고 생각하지요."

'천외천궁?'

진무성의 눈에 이채가 나타났다. 설화영이 전해 준 무림 정보에는 전혀 언급이 안 된 곳이었기 때문이었다.

"전 처음 듣는 곳이군요?"

"아마 그 이름을 들은 후기지수들은 그리 많지 않을 겁니다."

"그럼 창귀가 마교도라고 보시는 겁니까?"

"아닙니다. 그에게 죽은 자들의 창상에서 조금의 마기도 보이지 않았습니다. 마교도는 아니라는 의미지요. 하지만 그냥 넘어가기에는 이상한 점이 많았습니다. 본 궁에서는 창귀가 마교도는 아니지만 최소한 마교와 분명 접점이 있다고 판단하고 있습니다."

"창귀란 자를 매우 대단하게 생각하고 계신 모양이군요?"

"저도 사실 찾으라는 명을 받았지만 정확한 이유는 아직 모릅니다."

"공자의 말을 들어 보니 저하고는 아무 상관 없는 딴 세상의 일이군요. 그럼 빨리 찾으러 가 보십시오."

'자신이 창귀인지 아닌지 답을 하지 않았어…….'

백리령하는 진무성의 눈을 주시하며 다시 물었다.

"진 형, 제가 단도직입적으로……."

하지만 그는 더 말을 할 수 없었다.

진무성이 갑자기 몸을 일으켰기 때문이었다.

"백리 공자, 죄송하지만 오늘은 이만 대화를 끝내야 할 것 같습니다."

진무성은 포권을 하더니 급히 주루 밖으로 걸음을 옮겼다.

'뭐지?'

갑자기 벌어진 상황에 백리령하는 쫓아갈 생각도 못하고 시선을 창밖으로 돌렸다.

그리고 그의 고개가 갸웃했다.

그녀의 눈에 어떤 이상함도 보이지 않았기 때문이었다. 하지만 진무성이 자신과 대화를 피하기 위해 그런 것이 아님은 분명했다.

'분명 큰 일이 벌어진 것 같은데…….'

잠시 생각하던 백리령화는 검노에게 전음을 보냈다.

[검노, 저 사람 놓치지 말라고 해.]

[이미 쫓아가고 있습니다.]

[잘했어.]

전음을 마친 그녀는 진무성이 남긴 음식을 보자 마음이 안 좋은 듯 중얼거렸다.

'식사라도 다하고 가지.'

혹여, 자신 때문에 식사를 못 하게 된 것은 아닌지 미안한 마음이 들어서였다.

진무성이 어디로 가는지를 보기 위해 밖을 주시하던 그녀의 눈에 이채가 나타났다. 그녀는 아미를 살짝 좁히며 자세히 악양의 거리를 살폈다. 그리고 다시 검노에게 전음을 보냈다.

[검노.]

[예, 공주님.]

[왜 이렇게 거리가 조용하지?]

[저도 이상해서 알아보았는데 어젯밤부터 오늘 아침까지 창귀를 잡겠다고 사방을 뒤지던 혈사련과 암흑무림의 수하들이 갑자기 모두 사라졌다고 합니다.]

[사라졌다면 그냥 돌아갔다는 거야?]

[총단으로 완전히 돌아간 것인지 아니면 무슨 일이 생겨 임시로 불러들인 것인지는 아직 파악이 안 됐습니다.]

[검노, 개방과 무림맹에서 자세한 정보를 얻어 낼 수 있지?]

[있습니다.]

[그럼 좀 알아봐. 난 왠지 모르게 무슨 일이 일어날 것 같네.]

[알겠습니다. 그런데 맹주인 사손인 단목환이 악양에 도착했다는 말이 있습니다.]

[단목환이? 예상보다 빨리 활동을 시작했네?]

[제 생각에도 그렇습니다. 무림맹에서도 지금 무림 상황이 상당히 혼란스럽다고 판단한 것 같습니다.]

[혼란이 아니라 혈겁이 일어날 상황이라고 보는 게 맞아. 할아버님께서 나보고 나가라고 한 이유가 있었어. 내가 보기에 지금 무림은 일촉즉발의 상황이야. 아마 단목환을 이렇게 빨리 내보낼 수밖에 없는 상황이 만들어진 것이 분명해.]

그녀는 단목환을 만난 적이 있었다. 열 살 무렵 무림맹주였던 하후광적이 단목환을 데리고 천외천궁을 찾아온 적이 있었다.

천외천궁의 궁도들은 하나같이 고수였고 특히 최고 간부진들은 한 명 한 명이 절대 고수라 칭해도 될 정도였다.

그런데 하후광적은 최고 간부진들조차 능가하는 기도를 보여 주어 그녀에게 깊은 인상을 남겼다.

그와 같이온 단목환은 그녀보다 두 살 많았다. 그는 나이답지 않게 매우 의젓했고 성격도 매우 친절하고 예의도 발랐다.

그들이 궁에 머문 시간은 며칠에 불과했지만 둘은 아주 좋은 시간을 보냈고 그녀에게도 좋은 기억으로 남아 있었다.

[단목 공자를 만나 보시겠습니까?]

검노의 질문에 그녀는 잠시 생각하더니 고개를 저으며 말했다.

[나도 만나 보고 싶기는 한데, 지금은 아닌 것 같아. 우선 궁주님께서 부여한 임무부터 끝내고 만나 보지 뭐.]

천외천궁이 강호에 모습을 드러냈다는 사실은 무림인들이 최대한 모르는 것이 좋았다.

'어렸을 때도 참 예쁘게 생겼다고 생각했는데 지금은 얼마나 잘생겨졌을까? 좀 궁금하긴 하네.'

그녀의 얼굴에 미소가 떠올랐다.

* * *

진무성은 의외에도 주루에서 그리 멀지 않은 대로변의 한 나무 아래에 서 있었다.

백리령하를 그대로 두고 나올 정도로 급하게 나온 것을

생각하면 의외의 모습이었다.

[주 영주, 무슨 일인데 적기를 단 것이냐?]

적기는 가장 급박할 때 달기로 약속한 깃발이었다. 그것을 달았다는 것은 진무성조차 예상치 못한 급변이 있었다는 의미였다.

[주군 동쪽을 지키던 방도들 중, 십여 명이 죽었다고 합니다. 제가 가 보기 전에 주군께 보고해야 할 것 같아서 연락을 드렸습니다.]

[죽었다는 것은 어떻게 알았느냐?]

[도망을 온 방도들에게서 들었습니다.]

[도망? 누구에게 도망을 쳤다는 것이냐?]

[모르겠습니다. 얼굴도 보지 못했다고 합니다.]

[죽었다는 장소가 어디냐?]

[악양성 동문을 나가서 적화림 쪽으로 일마장 정도 가시면 보이실 것입니다.]

[내가 가 볼 것이니 동쪽에 포진한 낭인 방도들은 우선 모두 철수시켜라.]

[알겠습니다.]

전음을 끝낸 진무성은 동문 쪽을 향해 걸음을 옮기기 시작했다.

그가 사라지고 일다경쯤 지났을까……

[이게 어떻게 된거지?]

검노의 명으로 진무성을 따르던 자들은 어리둥절한 표정으로 진무성이 있던 나무 주위를 자세히 살폈다.

분명 잠시도 눈을 떼지 않고 있었는데 어느 새 진무성이 사라져 버렸기 때문이었다.

진무성은 그냥 자연스럽게 그곳을 벗어나 천천히 사라졌건만 이들은 전혀 그가 사라지는 것을 보지 못했다니 참 신기한 상황이 아닐 수 없었다.

* * *

그 시각, 단목환은 왕영과 독행개 등과 창귀에 대해 의논을 하고 있었다.

"맹주님께서는 사실 한 세력을 계속 주시하고 있었습니다."

단목환의 말에 모두는 그를 주시했다. 그가 말한 세력이 혈사련이나 암흑무림이 아니라는 것은 분명했다.

하후광적은 상당히 오래전부터 무림을 움직이는 숨은 손이 있다는 것을 느끼고 있었다. 그 숨은 손은 어찌나 은밀한지 그것을 눈치챈 사람들이 거의 없을 정도였다.

그런데 갑자기 나타난 창귀에 의해 처음으로 단서를 얻

은 것이었다.

 단목환이 하후광적에게 부여받은 임무는 대외적으로는 무림에 혈겁을 일으키는 창귀를 추적하는 것이었지만 실지로는 창귀에게 죽은 자들 중 정체를 알 수 없는 자들이었다.

 모두가 보자 단목환은 다시 말을 이어 갔다.

 "보고서를 보면 혈사련과 암흑무림 말고 정체를 알 수 없는 또 다른 세력이 있습니다. 맹과 개방에서는 그들의 정체를 밝히기 위해 총력을 기울였습니다. 하지만 결국 그들의 정체를 알아내지 못했습니다."

 "그들이 맹주님께서 주시했다는 세력이란 것입니까?"

 "아직 모릅니다. 하지만 맹주님께서는 그 세력이 매우 위험하다고 판단을 하고 계십니다."

 "그럼 창귀는 어떻게 하실 예정이신가?"

 당영의 반문에 단목환은 이미 답을 준비하고 있었던 듯, 즉시 답을 했다.

 "창귀의 등장으로 지금 무림에 많은 설왕설래가 있다는 것을 알고 있습니다. 맹주단에서는 창귀에 대해서는 얼마간 주시만 하시기로 결정하셨습니다."

 주시만 한다는 말은 사실 그냥 두자는 말이었다.

 지금 그에게 죽은 자들이 천 명에 가까웠다. 살마라고

불릴 정도로 살생을 일삼는 대마두들도 일 년도 채 안 되는 시간에 그렇게 많은 사람을 죽인 자는 손에 꼽을 정도였다.

그런데 무림맹에서 그냥 놔두기로 결정했다는 것은 매우 이례적인 결정이었다.

"하지만 창귀의 무공과 마교의 무공 사이에 연관성이 있다는 분석도 있습니다."

"마교도냐 아니냐는 무공의 비슷함으로 결정하는 것이 아닙니다. 창귀에게 죽은 자들의 창상에서 마기를 발견하지 못했다는 보고서는 보셨을 것입니다. 마기가 없는 자를 마교도라고 의심할 수는 없다고 봅니다."

그러자 제갈태운이 조심스럽게 의견을 말했다.

"지금 창귀를 잡는다는 명분으로 혈사련이 대규모로 들어와 있습니다. 은밀하게 움직이고 있지만 암흑무림도 악양에 들어와 있습니다. 그들이 계속 악양에 머물고 있다면 본 가도 문제고 무림맹도 문제가 생길 것입니다."

사실 제갈세가에게는 가장 중요한 문제였다.

혈사련과 암흑무림의 무인들이 악양에 있는 것은 제갈세가에게는 날카로운 칼을 뒤통수에 두고 있는 것이나 마찬가지였기 때문이었다.

무림맹 역시 그들이 남쪽으로 향하는 길목을 적들이 지

키고 있는 상황은 불편할 수밖에 없었다.

"창귀가 그들에게 명분을 만들어 주었지만 아예 악양에 주둔할 조짐이 보인다면 당연히 강력하게 경고를 해야 한다고 봅니다. 맹에서도 그 문제에 대해서 심각하게 들여다보고 있으니 곧 결정이 날 것입니다."

단목환의 말에 제갈태운은 고개를 끄덕였다.

분명 당영보다 지위가 낮은 그였지만 톡 부러지는 판단과 결정, 그리고 말에서 나오는 신뢰감은 좌중을 압도하기에 충분했다.

* * *

낭인 방도들이 죽었다는 장소에 도착한 진무성의 얼굴이 구겨졌다.

아직 아무도 발견을 하지 못했는지 시신들은 그대로 널브러져 있었다.

'어떤 놈들이……?'

시신에 손을 댄 진무성의 얼굴에 놀라움이 나타났다. 죽은 자들에게는 어떤 상처도 보이지 않았다.

강력한 기에 의해 몸 안의 장기들이 완전히 찢어져 죽은 것이었다. 그것도 가까운 거리가 아니라 상당히 먼 거리에서 당한 것이 분명했다.

'어떤 자들이 지나가면서 주위에 감시하는 자들을 그냥 죽인 거야……'

진무성이 많은 살인을 했지만 그래도 이유가 있었고 단지 그를 감시하는 정도만으로는 죽인 적이 거의 없었다.

그런데 지금 이들이 죽인 자는 단지 주위에서 감시하고 있었다는 이유로 모조리 죽인 것이 분명했다.

팔을 앞으로 뻗은 진무성은 그들이 남긴 기의 흔적을 찾기 시작했다. 그리고 쉽게 기의 흔적을 찾아내는 데 성공했다.

'나를 따르는 사람을 죽인 자들은 그에 합당한 죄를 받아야 할 것이야.'

진무성은 그를 위해 감시를 하다 죽은 낭인들을 미안한 표정으로 보더니 훌쩍 몸을 날렸다.

잠깐 그들의 시신을 묻어 줄까 생각도 했지만 그냥 두기로 했다. 이들의 시신을 정파에서 발견해야 경각심을 줄 수 있기 때문이었다.

* * *

"잘 오셨습니다."

이군병과 은태인은 마차에서 내린 다섯 명의 중년인을 보자 허리를 숙였다.

하지만 그들은 쳐다보지도 않고 말없이 안으로 들어갔다.

이군병과 은태인은 대무신가에서 최고 간부진에 들어가는 자들이었다. 그런 그들에게 보인 중년인들의 행동은 매우 불쾌할 수도 있었지만 이군병과 은태인은 당연하다는 듯 공손한 자세로 그들을 따라 들어갔다.

이미 연락을 받은 듯 방안에는 중년인들이 앉을 자리가 준비되어 있었다.

이군병은 그동안 그들에게 조사한 종이를 건넸다.

중년인 중 지휘자로 보이는 자는 종이를 다 읽고는 물었다. 그는 구 단계 초인인 전대결이었다.

"그런데 창귀가 오늘 이곳을 찾아온다는 글귀가 있는데, 무슨 말이냐?"

"그게, 오늘……."

이군병은 그가 새벽에 받은 서찰에 대해 설명을 해 주었다.

그러자 전대결은 뭔가 생각하기 시작했다.

"그놈을 잡는 것이 우리의 임무인데 스스로 찾아온다니 다행이긴 한데, 좀 이상하지 않느냐?"

"저희도 의아하다는 생각은 했습니다. 하지만 저희에 대해 아는 것도 그렇고 창귀를 언급한 것도 누군가의 장난이라고 하기는 어렵다는 판단을 했습니다."

"우리를 기다리게 하고 기습을 할 수도 있다는 생각은 안 해 보았느냐?"

"지금 이곳에는 황룡단과 백룡단 전체가 와 있습니다. 어떤 자들이 기습을 한다 해도 그것은 불 속에 뛰어드는 불나방이나 마찬가지일 것입니다. 더욱이 지금 초인동에서도 오셨으니 이제 누가 있어 이곳을 치겠습니까?"

전대결은 회심의 미소를 입가에 그리며 말했다.

"하긴 우리가 있는데 감히 누가 이곳을 치겠느냐? 좋다 그놈이 약속한 시간까지 기다려 보자."

* * *

'여기에 오는 놈들이었어?'

마기를 따라 달려온 진무성은 자신이 서찰을 남겼던 장원에 도착하자 표정이 굳어졌다.

아직 이들의 정체를 그는 알지 못했다. 하지만 갑자기 뇌리를 스치는 한 이름이 있었다.

대무신가였다.

당영과 제갈장청이 나누었다는 대화를 잠시 생각한 진무성은 고개를 갸웃했다.

'의심은 가는데…… 중요한 차이점이 있군.'

제갈장청이 말한 대무신가와 자신의 기억 속에 있는 대무신가는 점쟁이 집단이었지 무림 세력이 아니었다. 그런데 지금 보이는 이들의 전력은 대단했기 때문이었다.

진무성은 장원 안으로 자신의 기를 천천히 들여보냈다.

그때, 그는 무엇인가 느낀 듯 급히 기를 회수하며 몸을 숨겼다.

그곳에 무언가 있었기 때문이었다.

9장

 진무성이 사라진 사라진 자리에 한 인영이 사뿐하게 내려섰다.
 '누구지?'
 진무성은 나타난 인영을 보자 의아한 표정을 지었다. 여인이었다.
 면사를 쓴 탓에 얼굴을 짐작하기는 어려웠지만 그와 비슷한 나이대의 여자가 분명해 보였다.
 그녀가 분명 내공 소모가 많은 신법을 사용해 다가오고 있었음에도, 진무성조차 거의 십 장 가까이 왔을 때 기를 느꼈다.
 그것은 그녀의 무공이 얼마나 높은지를 알려 주는 대목

이었다.

거기다 날카로운 예기가 그녀의 몸 전체에서 뿜어 나오고 있었다. 백리령하와 대화를 나누던 곡수연의 몸에서 뿜어지던 예기에 상당히 놀랐던 그였다.

그런데 지금 나타난 여인은 곡수연과 매우 비슷한 예기를 뿜어냈지만 무공 수위는 그녀를 능가하고 있었다.

'저런 여인이 왜 여기에 온 거지?'

장원을 냉기가 흐르는 눈으로 쳐다보고 있는 여인을 보며 진무성은 불안함을 느꼈다.

그녀가 장원에 있는 자들과 한편이 아닌 것은 분명했다. 그렇다면 그녀가 장원 안으로 들어가면 싸움이 날 것이 분명했다.

문제는 그녀가 들어가 싸우게 되면 그가 제황병까지 언급하며 만든 책략이 무너질 수도 있었다. 물론 아닐 수도 있었지만 계획에 없던 변수의 등장은 결과에 불확실성을 증가시킬 것이었다.

잠시 고심하던 그는 여인이 몸을 날릴 것 같자 그녀를 향해 지풍을 날렸다.

마염지였다.

여인은 자신을 향해 날아오는 지풍을 단박에 감지하고는 소매를 휙 뿌렸다. 지풍은 그녀의 소매 바람에 그대로 소멸해 버렸다.

 여인은 아미를 찌푸리더니 어느새 손에 잡힌 검을 한 방향을 향해 찔러 갔다.

 설명은 길었지만 그녀의 방어와 공세는 실로 찰나간에 이뤄졌다. 조금 전까지 진무성이 있던 나무를 검으로 찌른 그녀는 상대가 이미 피했다는 것을 느낀 듯 고개를 옆으로 돌렸다.

 그녀는 도망가는 한 인영을 발견하자 그대로 몸을 날려 그를 쫓기시작했다.

 그렇게 일각쯤 달렸을까?

 도망을 치는 진무성도 그를 쫓는 여인도 동시에 놀라고 있었다.

 그는 그녀를 유인하기 위해 속도를 조정하면서 달리고 있었다. 그런데 따라오는 여인의 신법이 너무 빨랐던 것이었다.

 하지만 놀라기는 따라오는 여인도 마찬가지였다.

 그녀는 진무성이 장원을 지키는 자들 중 한 명이라고 생각했다. 그래서 가볍게 제압을 한 후, 그들의 정체와 장원의 상황 등을 알아볼 작정이었다.

 그런데 일각이나 쫓았음에도 그를 아직 잡지 못하고 있었다. 자신의 무공에 자부심이 가득한 그녀에게 이것은 실로 놀라운 일이었다.

거기다 진무성은 그녀가 빨리 쫓으면 빨리 달아나고 속도가 느려지면 같이 느려지며 그녀가 잡지 못할 정도의 거리를 유지하며 달아나고 있었다.

그것은 그가 그녀를 유인한다고 볼 수 있었다.

'좋아! 어디까지 도망칠 수 있나 보자!'

그녀는 입술을 잘끈 물며 내공을 최고로 끌어올리며 속도를 높였다. 순간 그녀의 몸이 마치 화살이 날아가듯 앞으로 뻗어 나갔다.

더욱 놀라운 것은 그녀의 손에 있던 검이 진무성을 향해 날아갔다. 그녀의 속도까지 더해진 검은 빛의 속도로 진무성의 등을 향해 날아갔다.

도망가던 진무성의 표정이 살짝 굳어졌다. 그가 짐작도 못했던 수법에 피하기는 어렵다고 느껴졌기 때문이었다.

'대단한 여인이군…….'

챙!

몸을 돌린 진무성은 그녀의 검을 조화신창으로 쳐 냈다. 튕겨나간 그녀의 검은 공중에서 한 바퀴 돌더니 다시 진무성을 향해 날아갔다.

궁극의 검법이라는 이기어검술이 뜻하지 않은 곳에서 젊은 여인의 손에서 펼쳐진 것이다.

창창!

검은 실로 빠른 속도로 그에게 내려 꽂혔지만 진무성의 창에 다시 막혔다. 공중으로 다시 튕겨나간 검은 어느새 그의 앞에 도착한 여인의 손으로 돌아갔다.

진무성의 손에 들려 있는 기이한 모양의 창을 본 그녀의 눈이 커졌다.

그녀의 추격을 따돌리고 이기어검까지 가볍게 막아 낸 진무성을 본 그녀의 머리에는 한 이름이 떠올랐다.

"창귀? 설마 네가 창귀냐?"

그녀의 말에 진무성은 답없이 몸을 돌리고는 다시 도망을 치기 시작했다.

"오자마자 너를 만나다니 본 녀가 운이 좋구나."

그녀의 임무 중 하나가 바로 창귀를 찾는 것이었다. 그녀는 절대 놓칠 수 없다는 듯 다시 그의 뒤를 쫓았다.

그녀가 장원에 들어가는 것을 막기는 했지만 생각지 않은 골칫거리를 또 하나 얻게 된 진무성이었다.

* * *

금안비응은 공손한 자세로 한 노인을 맞았다.

"장로님께서 직접 오실 줄은 몰랐습니다."

마령귀사는 암흑무림에서 열 손가락 안에 드는 고수이자 최고위 간부였다. 그런 그가 유명전의 고수들을 삼십여 명이나 데리고 이렇게 빨리 도착한 이유는 당연하게도 제황병 때문이었다.

"종이를 가지고 와 봐라."

"예!"

　마령귀사는 앉자마자 제황병을 언급한 서찰을 가져오게 했다. 그리고 받자마자 읽기 시작했다.

"금안비응."

"예, 장로님!"

"이 서찰에 신빙성이 있긴 한 거냐?"

"사갈마자가 본 전의 소속인지라 제가 제황병을 추적한 일에 대해 자세히 알고 있습니다. 제황병을 가지고 있는 자가 그 장소에 나타난다는 것이 사실인지는 아직 확인할 수 없습니다. 하지만 서찰에 적힌 내용들로 유추해 보면 제황병에 대해 알고 있는 자가 보낸 것은 분명합니다."

　마령귀사는 유명전의 전주를 보며 말했다.

"여기까지 쉬지 않고 달려오느라 모두 피곤할 게다. 자시까지는 아직 시간이 있으니 푹 쉬게 해라. 지존께서는 반드시 제황병을 찾아오라고 하셨다."

　그의 말이 끝나자 모두의 표정이 굳어졌다.

암흑지마황이 반드시라는 말을 했다는 것은 목숨을 걸라는 의미였기 때문이었다.

　　　　　　　　＊　＊　＊

"모두 준비는 하고 있느냐?"
　혈궁귀살의 질문에 냉혈독검이 답했다.
"소림사라도 없애 버릴 기세입니다."
"이 일은 매우 은밀해야 한다. 만약 본 련에서 제황병을 입수(入手)했다는 소문이 돌면 절대 안 된다."
　혈사련 같은 거대 사파 세력조차 제황병을 가지고 있다는 소문이 도는 것은 매우 위험하다고 생각하고 있음이 분명했다.
"본 련을 알 수 있는 모든 흔적을 소지하지 못하게 했습니다. 문제가 생긴다 해도 본 련의 짓이라는 것은 아무도 눈치채지 못할 것입니다."
　냉혈독검의 말에 혈궁귀살은 무겁게 고개를 끄덕였다. 그의 표정은 그리 밝지는 않았다.
　제황병이라는 도저히 포기할 수 없는 귀물 때문에 출동은 하지만 그의 오랜 강호 경험상 지금 상황이 너무 상식적이지 않았기 때문이었다.

제황병이라는 무림인이라면 누구나 탐내는 귀물을 왜 다른 세력에게 알려 주었는지부터 의문투성이였다.
 자신이 가질 자신은 없고 가진 자와 원한이 있어서 제보를 했다고 최대한 양보해서 생각한다 해도 수많은 무림 세력 중에 왜 혈사련에게 보냈느냐도 의아한 일이었다.
 만약 황도에서의 일을 적지 않았다면 그는 나서지 않았을 것이었다. 하지만 황도에서 사라진 혈사련의 수하들에 대한 묘사가 너무 정확해 도저히 무시할 수가 없었다.
 '분명 제황병에 대해 알고 있는 놈이 분명하긴 한데…… 그래, 가 보면 알겠지.'
 찝찝했지만 그는 자신들이 위험해질 거라고는 전혀 짐작도 못했다.
 애초에 지금 그들의 전력이 중소 문파 하나는 하룻밤 사이에 없앨 정도로 강력했기 때문이었다.

* * *

 악양 시내에 도착한 여인은 진무성의 몸에서 느낀 기를 감지하기 위해 사방을 향해 기를 퍼뜨리며 천천히 움직이고 있었다.
 다시 도망을 친 진무성은 아까와는 달리 순식간에 그녀

의 시야에서 사라져 버렸다. 예상대로 일부러 그녀가 쫓아 올 수 있는 정도의 속도로 신법을 펼쳤음을 그녀는 확신할 수 있었다.

진무성은 사라졌지만 그가 남긴 기를 그녀는 기억할 수 있었다. 그리고 그 기를 따라 도착한 곳이 바로 악양시내의 저자(圩市) 거리였다.

'창귀가 분명해.'

그녀는 그녀가 만난 남자가 창귀임이 분명하다고 생각했다. 그러나 확신까지 할 수는 없었다. 그녀가 들은 창귀는 혼자서 이삼백 명을 가뿐히 죽인 자였다. 그런데 혼자인 그녀를 보고 도망을 쳤다는 것이 말이 안 된다고 판단되기 때문이었다.

이기어검술을 보고 자신이 없어 도망을 칠 수도 있었다. 하지만 그는 그 전에 이미 도망을 치고 있었다.

주위의 기를 살피며 걷던 그녀의 눈에 이채가 나타났다. 매우 익숙한 기를 감지했기 때문이었다.

고개를 돌려 주루의 이 층을 본 그녀는 손을 살살 흔들고 있는 순백의 여인을 발견하자 미소를 지었다.

곡수연은 올라오라는 듯 손짓을 했다.

그녀는 잠시 주위를 둘러보고는 여전히 창귀의 기가 잡히지 않자 주루 안으로 들어갔다.

창가에 앉아 있는 곡수연의 앞에는 몇 가지 수육과 술병이 놓여 있었다.

"아직 날도 밝은데 웬 술이야?"

그녀가 앞에 앉자 곡수연은 배시시 미소를 지으며 말했다.

"검각에서 맨날 나무와 하늘만 보며 수련을 하다가 이곳에 오니까 너무 재미있는 거 있죠?"

"그래서 술을 먹는다는 거야?"

"언니, 생각보다 술도 괜찮아요. 반 병 먹으니까 기분도 좋아지고."

"까불지 말고 당장 술 기운을 배출해라. 내가 아주 중요한 발견을 했다. 당장 누구를 찾아야 해."

"언니, 오늘 도착하지 않았어요?"

"오늘 도착했다. 왜?"

"그런데 어떻게 벌써 중요한 발견을 해요? 나도 아직 알아낸 게 하나도 없는데?"

"창귀로 보이는 자를 만났다니까!"

순간, 곡수연의 눈이 커졌다. 그녀가 빈말을 하는 사람이 아니라는 것은 검각에서도 모르는 사람이 없었다.

"어디서요?"

"그게…… 어딘지는 모르지만 갈 수는 있어. 어떤 장원

근처였어."

"어떤 장원이요?"

"너를 만나려고 오는 도중에 이상한 자들을 만났다. 뭐라 할까…… 소름이 끼쳤다고 할까? 하여간 형언하기 어려울 정도로 괴상한 기를 감지하고 조심스럽게 따라갔는데 그들이 도착한 곳이 바로 그 장원이었어."

"언니가 발견한 기가 창귀의 기였던 거예요?"

"아니, 장원에 잠입할까 말까 고심하는데 누군가 나를 갑자기 공격을 하더니 도망을 치는 거야……."

그녀는 진무성과 있었던 추격전과 결투 상황에 대해 설명했다.

"언니보다 빨랐다고요?"

"그래, 분명 나보다 빨랐다. 거기다 나의 검을 두 번이나 튕겨 냈어, 창으로."

"……어쩌면 언니 말이 맞을지도 모르겠네요? 그런데 좀 이상하지 않아요?"

곡수연은 그녀의 말에 동의한다는 듯 말했다.

"나도 좀 이상하다는 생각을 하긴 했다. 하지만 내 이 기어검을 그렇게 간단히 쳐낼 수 있는 창술의 고수가 악양에 창귀 말고 또 있다면 그게 더 이상한 것 아닐까?"

"저도 창귀는 맞을 것 같아요. 다만 왜 언니를 공격하고 도망을 쳤을까요? 누가 봐도 언니를 유인한 것 같지 않아요?"

잠시 생각하던 여인은 갑자기 장원이 머리에 떠올랐다.

"그자가 내가 장원 안에 들어가는 것을 막으려고 한 거 아닐까?"

"그 괴이한 기를 풍겼다는 자들과 창귀가 연관이 있다는 말예요?"

"연관이 있다면 그들을 쫓아 온 나를 죽이거나 장원 안으로 들어가는 것을 막을 이유가 없지."

"그렇다면 언니를 보호하기 위해 그랬을까요?"

"대화하면서 누구를 자꾸 보는 거야?"

대화를 하던 그녀는 의아한 표정으로 고개를 돌렸다. 그녀의 눈동자가 자꾸 주루 안의 한쪽을 자꾸 보았기 때문이었다.

거기에는 덩치가 크고 얼굴에 자상이 있는 남자 한 명이 식사를 하고 있었다.

진무성이었다.

그때 그녀의 눈에 주루의 계단에 나타난 또 한 사람이 보였다.

동시에 그녀의 눈이 날카롭게 변했다.

10장

 나타난 자는 진무성을 보자 반가운 듯 환한 미소를 지으며 다가갔다. 그녀는 백리령이였다.
 "여긴 또 어떻게 온 겁니까?"
 그녀를 본 진무성은 어이가 없다는 표정으로 물었다.
 "글쎄요? 이런 것이 인연이 아니겠습니까?"
 "흰소리는 그만 하시지요. 혹시 저를 미행하십니까?"
 "미행이라니요? 제가 듣기로 순식간에 사라져서 따라가지도 못했다고 하던데 미행이 됐겠습니까?"
 진무성의 표정이 살짝 구겨졌다. 아예 미행을 지시했다고 자백(自白)을 하고 있는 것 아닌가······
 "흥!"

그때 누군가의 비웃는 듯한 코웃음이 들려왔다.

'저 여인이 눈치챘나?'

진무성은 코웃음의 주인이 누구인지 직감했다.

하지만 더 불안한 표정을 지은 사람은 백리령하였다. 사실 그녀는 이미 곡수연과 같이 있는 그녀를 올라오자마자 발견하고는 당황하고 있었다.

그래서 그녀는 일부러 그쪽은 못 본 척 곧장 진무성에게 온 것이었다.

누군가와 대화를 나눈다면 다른 사람과의 접촉을 극히 기피하는 그녀가 우선은 모른 척할 것이라고 생각했기 때문이었다.

'기회를 봐서 도망치려고 했는데 상황이 쉽지 않게 변했는데?'

진무성의 머리가 복잡해진 것과 달리, 그녀는 그들에게 눈길도 주지 않고 곡수연과 대화를 나눌 뿐이었다.

"언니, 강호에서 보기 싫은 사람을 만나면 어떻게 하실 거예요?"

"글쎄? 분명한 것은 보기 싫은 사람에게 잘해 줄 수는 없겠지."

누구를 말하는 것일까……

여인은 화제를 바꿨다.

"그런데 넌 왜 여기에 있는 거지?"

"단목환 공자와 만나기로 했어요."

"단목환? 무림 맹주님의 사손?"

"예. 언니도 친하게 지내셨던 걸로 아는데? 아니었어요?"

"어렸을 때 잠시 만난 것인데 친할 시간이나 있었나? 그래 만나기로 한 이유가 있어?"

"단목 공자가 연락을 했더라고요. 이유는 아직 모르겠어요."

"백리 공주와 만나고 있는 저 사람은 누구야?"

"저도 몰라요. 그런데 백리 공주께서 저자에게 관심을 가지고 있는 것 같아요."

여인의 눈이 살짝 커졌다.

처음 진무성을 보았을 때, 그녀는 크게 관심을 두지 않았다.

강호에 흔히 보이는 이류급의 무인이었기 때문이었다. 하지만 곡수연이 자꾸 힐긋거리고 백리령하까지 그를 안다는 것은 자신이 놓친 것이 있다는 생각이 든 것이다.

특히 백리령하에게 미행을 하냐는 말까지 꺼내며 홀대하듯 말했음에도 그녀가 다 받아 주는 것도 의아했다.

진무성과 대화를 하는 와중에도 그녀들의 대화를 신경

쓰고 있던 백리령하는 더 버티다가는 진무성까지 엮일 것 같자 결국 몸을 일으켰다.

"진 형, 제가 아는 분들인데 인사나 좀 하고 오겠습니다."

"한 분은 전에 봤고 또 한 분은 누구입니까?"

이기어검을 펼치는 것에 상당히 놀랐던 진무성은 슬쩍 그녀에 대해 물었다.

"전에 제가 말한 적이 있지요. 곽청비라는 여인을 조심하라고요. 저 여자가 곽청비입니다."

진무성은 지금은 자신을 알아채지 못하지만 그녀의 무공 수준으로 보아 얼굴을 맞대고 인사를 한다면 알아볼 수도 있다는 생각이 들자 자리에서 일어서며 말했다.

"저는 약속이 있어 먼저 가 봐야 할 것 같습니다. 친분이 있는 분들을 만나셨으니 즐거운 시간 보내십시오."

진무성은 곽청비의 추격도 피하고 귀찮은 백리령하에게서도 빠져나올 수 있는 기회라고 판단하고는 포권을 하고는 밖으로 나갔다.

백리령하 역시 진무성을 곽청비에게 소개를 시키고 싶지 않은 듯 맞권을 하며 말했다.

"그럼 다음에 다시 대화를 하지요."

진무성이 나가는 모습을 유심히 보던 곽청비는 백리령하가 그녀들이 있는 자리로 다가오자 고개를 돌렸다.

마치, 보고 싶지 않다는 듯, 매우 차가운 모습이었다.

"곽 검주, 오랜만이야!"

백리령하가 인사를 하자 곡수연이 고개를 갸웃하며 말했다.

"저분은 왜 가세요? 이제 구면인데 같이 대화라도 하면 좋은데?"

"누군가 만날 약속이 있으시다네."

"약속이요? 언니 들어오기 직전에 급히 들어왔는데 갑자기 무슨 약속이 있다는 거예요? 이상하네……?"

"내가 들어오기 직전에 들어왔다고?"

한 마디도 안 할 것 같던 곽청비는 그녀의 말에 의아한 표정으로 반문했다.

"맞아요."

"저자 앞에 음식이 있었잖아?"

"들어오더니 아직 상을 치우지 않았는데 저기에 앉더라고요."

'설마……? 아니야, 내가 분명 그자의 얼굴을 정면에서 봤었는데 몰라봤을 리 없어.'

곽청비는 자신이 쫓던 창귀의 흔적이 바로 이 근처에서 사라진 것과 절묘하게 그 시각에 진무성이 이곳에 들어와 치우지도 않은 식탁에 앉았다는 것에 수상함을 느꼈다.

그리고 진무성의 얼굴을 좀 더 자세히 보지 않은 것을 후회했다.

하지만 그녀는 곧 자신의 의심을 부정했다.

그녀가 감지했던 기가 진무성에게서는 전혀 느껴지지 않았고, 아무리 찰나간에 본 얼굴이지만 그것을 몰라볼 리 없다는 자신감 때문이었다.

그녀의 표정을 본 백리령하는 이크! 하는 표정으로 화제를 돌렸다. 그녀가 의심을 하기 시작하면 끈질기게 진무성을 팔 것이 분명하기 때문이었다.

"그런데 진짜 곽 검주까지 올 줄은 몰랐는데 검각에서 우리가 모르는 뭔가를 알고 있는 거야?"

"천외천궁이야말로 공주가 직접 나서다니 뭔가 알고 있는 거 아니야?"

둘은 상당히 친한 친구가 아니면 할 수 없는 말투로 대화를 시작했다. 약간 의아한 점이 있다면 백리령하는 최대한 부드럽게 말하고 있지만 곽청비는 매우 싸늘하게 대한다는 사실이었다.

"나야 궁주님께서 나가라니까 나왔지. 세세한 것은 두 분 어르신이 알아서 대화하고 있지 않겠어?"

"그걸 알면서 왜 내게 그런 것을 물어? 그런데 저자는 누구지?"

"내가 좀 아는 사람."

"무림인이야?"

"글쎄? 무림인인지 아닌지는 아직 몰라. 그냥 나랑 마음이 맞는 것 같아서 친하게 지내려고."

"공주랑 마음이 맞는다고? 그럼 저자는 공주를 남자로 알고 있다는 거야?"

"당연하지! 지금 나하고 저 남자는 남자 대 남자의 우정이랄까, 그런 것을 만들어 나가는 중이야."

"흥! 또 사기 치나 보구나!"

그녀의 반응에 백리령하는 곤혹스러운 표정으로 말했다.

"그때가 언제 때 일인데 아직까지 삐쳐 있냐?"

"뭐야? 삐쳐 있긴 누가 삐쳐 있다는 거야!"

대단히 냉철한 그녀가 백리령하를 본 후부터 감정 기복이 심한 것으로 미루어 둘 사이에 분명 무슨 일이 있었음이 분명했다.

그때, 동시에 둘의 표정에서 미미한 변화가 나타났다.

"아무래도 난 가 봐야겠다. 곽 검주 만나서 정말 반가웠어. 악양에 꽤 머물 것 같으니까 한 번 시간 내서 같이 식사라도 하자고."

말을 마친 백리령하는 창문으로 몸을 날려 사라졌다.

"언니, 백리 공주 왜 갑자기 저러죠?"

곡수연이 의아한 듯 말하자, 곽청비 역시 모르겠다는 듯 어깨를 살짝 들썩했다.

분명한 것은 그녀조차 승리를 장담할 수 없는 고수가 주루 안으로 들어섰다는 것과 그자를 피해 백리령하가 급히 사라진 것 같다는 추측을 해 볼 뿐이었다.

아니나 다를까 헌칠한 키에 아주 잘생긴 청년 한 명이 이 층으로 올라왔다.

어떤 여인이든 한 번 보면 다시 한번 고개를 돌려 볼 정도의 미남이, 곡수연과 곽청비를 보자 훈훈한 미소를 지으며 다가왔다.

그의 얼굴을 자세히 보던 곽청비의 얼굴이 살짝 변했다.

"설마, 단목 공자?"

"예, 단목환입니다. 곡 검녀께서 악양에 오셨다는 보고를 받고 반가워서 오늘 약속을 한 것인데 곽 검주까지 와 계실 줄은 몰랐습니다."

단목환은 공손히 포권을 했다.

하후광작과 그의 제자인 인지환은 강소의 지인을 만나고 돌아오던 중, 누군가 싸우는 소리를 들었다.

보통 멀리서 싸우는 소리가 들릴 경우, 하후광작은 모

른 척했었다. 사실 당시 이미 절대 고수 소리를 듣던 그가 소리에 대해 일일이 다 참견을 한다면 정말 매일매일 싸울 일이 생겼을 것이었다.

하지만 이번 싸움 소리에는 왠지 모르게 그냥 모른 척할 수가 없었다.

결국 인지환을 데리고 도착한 곳에서는 이미 혈겁이 벌어진 상태였다.

살인자들은 대단히 강한 무공을 가진 자들이었는데 혈겁을 당한 곳은 무림인이 아닌 학사의 집안이었다.

하후광적은 대로하여 살인자들을 모두 죽였지만 장원의 식솔들은 이미 모두 죽은 후였다.

안타까워 하며 돌아가려던 그의 귀에 미약한 아기의 울음소리가 들려왔다.

장원의 주인이 자신의 아들을 급한대로 바닥에 있는 비밀의 공간에 숨겨 놓았던 것이었다.

바로 그 아들이 단목환이었다.

그래서인지 그는 살인자들을 매우 혐오했고 사파나 마도들을 증오했다.

하후광적은 단목환의 집안을 도륙한 자들에 대해 알아보았다. 사손이 컸을 때 자신의 원수가 누구인지는 알아야 하기 때문이었다.

단목환의 집안을 멸문시킨 자들은 대무신가였다. 사공무경은 천기를 보고 영웅이 될 아이들을 모두 제거해 왔는데 단목환의 집안 역시 거기에 걸려 멸문을 당한 것이었다.

하지만 하후광적은 아무런 흔적도 찾아내지 못했다. 대신 그런 식의 혈겁이 수십 년 동안 전국 각지에서 벌어졌다는 정보를 얻을 수 있었다.

그리고 그 살인자들이 생각지 못한 엄청난 세력이라는 것을 알게 되었다.

하후광적은 그때부터 무림에 상상을 초월한 전력을 가진 암중 세력이 있다고 판단하고는 그자들을 계속 추적해 왔었다.

단목환을 인지환에게 제자로 받게한 하후광적은 사손이 자신을 능가하는 천재라는 것을 안 후 매우 기뻤다.

그리고 그를 직접 데리고 직접 천외천궁과 검각에 가서 인사를 시킬 정도로 사랑했다.

곽청비는 백리령하가 단목환이 온다는 것을 감지하고 급히 갔다는 것을 알자 고개를 갸웃했다.

천외천궁과 하후광적은 매우 친분이 두터웠고 단목환 역시 백리령하와 인사를 한 것을 들어서 알고 있었기 때문이었다.

'왜 피하지? 그럴 이유가 없는데…….'

곽청비가 뭔가 있다는 느낌에 잠시 답이 늦자 곡수연이 급히 말을 받았다.

"언니가 수상한 자들을 보았다네요. 그래서 지금 그 생각을 하느라 정신이 좀 없는 것 같아요. 언니!"

곡수연의 부름에 정신이 든 곽청비는 급히 포권을 하며 말했다.

"죄송해요. 오랜만에 강호에 나왔더니 좀 어리둥절하네요."

"그런데 검주께서 수상한 자들을 봤다는 것이 사실입니까?"

그녀는 고개를 끄덕이며 답했다.

"예. 대단한 자였어요."

"저도 여기로 오는 도중에 매우 의심이 드는 자를 만나긴 했습니다."

"공자님께서도요?"

"예. 주루에서 멀지 않은 곳에서 우연히 마주쳤는데 정말 신기한 자더군요."

"언제 맞닥뜨렸나요?"

곽청비는 가까운 곳에서 만났다는 말에 한 사람이 뇌리를 스쳤다.

"들어오기 전입니다. 일다경이나 됐을까요?"

곽청비는 그가 말하는 자가 진무성이라는 것을 직감하고는 다시 물었다.

"어떤 느낌이셨는데 신기하다는 말까지 하실까요?"

"처음에는 자각도 못할 정도로 평범해 보였습니다. 그자 정도의 무공을 지닌 자들은 지금 악양에 아주 흔하니까요. 그런데 제 옆을 지나는데 빈틈이 전혀 느껴지지를 않더군요."

무림맹주의 사손인 그는 무림 최고의 기재로서 모든 사람의 선망을 받는 것 같았지만, 그에 비례해 노리는 자들도 늘어 갔다.

특히 사파와 마도들은 내일의 절대자로 꼽히는 그를 크기 전에 제거할 생각을 하고 여러 차례 그를 노린 적이 있었다.

그 때문인지 단목환은 누구든 가까이 다가오면 오히려 먼저 공격할 준비를 하는 것이 생활화되어 있었다.

진무성만이 아니라 길에서 부딪치는 모든 사람들을 경계하는 것이었다. 당연히 그는 상대가 공격해 올 상황과 자신이 공격할 상황을 염두에 두고 있었는데, 그런데 놀랍게도 진무성에게서 처음 보는 완벽한 방어세를 느낀 것이었다.

"단목 공자께서 공격의 틈을 찾지 못하셨다라? 진짜 신기한 일이군요?"

"더욱 의아한 것은 분명 그와 얼굴을 보며 지나침과 동시에 그자의 얼굴을 각인시키기 위해 생각을 했는데 그자의 얼굴이 생각이 나지 않는 것 아니겠습니까?"

단목환의 말을 듣던 곽청비의 표정이 확 변했다.

그녀와 같은 상황이었다.

'설마 그자가 진짜 창귀일까?'

곽청비는 다시 한번 그녀가 창귀로 봤던 자의 얼굴을 생각하려 노력해 봤다. 찰나였지만 분명 얼굴을 봤었다.

'모호해…… 이자 만나 봐야겠어.'

그녀는 그 현명한 백리령하가 왜 미행하느냐는 모욕적인 말을 듣고도 진무성에게 너스레를 떨며 그의 비위를 맞추는 행동을 했는지가 갑자기 이해가 되는 듯했다.

물론 진무성이 창귀일지도 모른다는 이유만으로 그럴 백리령하가 아님은 그녀도 알고 있었다. 오히려 전혀 다른 이유일 가능성이 높았다. 그랬기에 진무성이라는 자가 더욱 흥미로웠다.

[언니! 단목 공자님 앞에 두고 왜 그러세요? 정신 좀 차려요!]

곡수연의 다급한 전음에 정신이 든 곽청비는 벌떡 몸을

일으키더니 포권을 하며 말했다.

"단목 공자님, 죄송합니다. 제가 급히 할 일이 생각났습니다. 오늘은 제가 먼저 가야 할 것 같습니다. 제가 시간이 나는 대로 찾아뵙겠습니다."

"당연히 하실 일이 있으면 그게 먼저지요. 대신 중요한 정보가 생기시면 제게 좀 알려 주십시오."

단목환은 당연하다는 듯 일어서더니 미소를 지으며 포권을 했다.

"그럼……."

곽청비는 진짜 바쁜 듯, 그대로 사라져 버렸다.

"곡 검녀님, 혹시 제가 모르는 것이 있습니까? 곽 검주님이 저렇게 허둥대는 것은 처음 보는 것 같습니다."

"저도 처음이에요. 분명 대단히 중요한 일이 생긴 것은 틀림없는 것 같네요. 그런데 저를 만나자고 하신 이유가 뭔가요?"

"검각에서 검주님과 검녀님이 같이 나오신 이유가 뭔지 알 수 있겠습니까?"

곡수연은 잠시 생각하더니 곤란한 표정으로 답했다.

"아시잖아요. 전 말해 드리고 싶지만 죄송해요."

"알고 있습니다. 그러나 검각의 제자분들이 악양에 나온 것을 맹의 어르신들이 알면 혼란이 생길 수 있습니다.

전 최대한 저희와 검각이 부딪치는 일이 없도록 하고 싶습니다. 그러려면 검각이 악양에 온 이유를 제가 알아 두는 것이 좋지 않겠습니까?"

"공자님께서 직접 나오신 이유와 같지 않을까요?"

"그럼 검각에서도 무림의 수면 아래 암약하는 세력을 찾기 위해 나온 것입니까?"

"……저는 드릴 말씀이 없습니다."

단목환은 검각이 온 이유가 자신이 온 이유와는 다르다는 것을 알 수 있었다.

"그럼 검각과 본 맹 간에 부딪칠 일은 없겠군요?"

"아마도 그럴 거예요. 그런데 겨우 그것을 물어보려고 저를 부르신 것은 아닐 것 같고 또 달리 말하실 것은 없으신가요?"

"검각은 정파 무림에게는 매우 존경받는 문파입니다. 하지만 실제 존재하는지에 대해서는 많은 무림인들이 긴가민가합니다. 그래서 더욱 신비하기도 하지요."

"검각이 모습을 보이지 말고 은밀하게 움직이기를 바라시나 보네요."

"제가 쫓는 암중의 세력은 조사하면 할수록 무섭다는 생각이 들 정도로 강력한 존재입니다. 저는 무림맹이 그들을 제압하는 데 실패할 경우 검각이 정파의 마지막 보루로서 정파를 보호하려면 그들에게 너무 일찍 모습을 드러내는 것은 지양했으면 하는 것입니다."

'도대체 어떤 세력이기에……?'

곡수연은 그의 말을 듣자 어쩌면 창귀가 문제가 아닐 수도 있다는 생각이 들었다.

"무슨 말인지 알겠습니다. 저도 검각에 공자님의 말씀을 전하겠습니다."

그때, 황급히 밖으로 나갔던 곽청비가 다시 돌아왔다.

급히 나갔던 그녀는 진무성과 백리령하를 찾을 수 없었다. 결국 그녀는 단목환과 곡수연의 도움을 받아야겠다고 생각했기 때문이었다.

"언니! 무슨 일인데 이렇게 바빠요?"

"단목 공자님께 무례한 모습을 보여 드린 것 같아 죄송합니다."

곽청비의 사과에 단목환은 아니라는 듯 손사래를 치며 말했다.

"검주님께서 이러는 것은 다 이유가 있겠지요. 혹시 무슨 일인지 제게 말씀해 주실 수 있겠습니까?"

그녀는 잠시 머뭇거리더니 조심스럽게 말했다.

"아직 정확한 사실이 아닌지라 언급하기가 좀 그렇긴 합니다. 하지만 중요한 사안이니 공자님과 공유를 하는 것이 맞다는 판단이 드네요. 혹시 도움을 주실 수 있나요?"

"제가 도울 수 있는 일이라면 당연히 도움을 드려야지요."

"방금 전, 얼굴을 봤는데 모호하게 기억이 안 난다는 말씀을 하셨지요?"

"예."

"제가 급히 나간 것은 그자를 찾기 위해서였습니다."

"그자를요?"

"그게······."

곽청비는 장원을 발견한 상황과 이어진 수상한 자와의 추격전에 대해 말했다.

"그자가 검주님의 추격을 피했다는 것입니까?"

곽청비의 무공 수준에 대해 상당히 자세하게 아는 그로서는 놀라지 않을 수 없었다.

단목환의 표정이 굳어졌다. 어쩌면 그가 찾으려고 하던 중요한 정보일지도 모른다는 생각이 직감적으로 들었기 때문이었다.

"그 괴이한 기를 풍겼다는 자가 들어갔다는 장원과 추격했다는 자와는 연관이 있는 것 같았습니까?"

"처음에는 당연히 그 장원과 연관이 있다고 생각했어

요. 하지만 가만히 생각해 보니 그자는 제가 장원 안에 들어가지 못하도록 유인을 한 것 같습니다."

"그럼 그자와 제가 보았다는 자와 동일인이라는 생각은 왜 하신 겁니까?"

"분명 저는 그자의 얼굴을 면전에서 봤습니다. 때문에 그자의 얼굴을 기억하고 있다고 생각했는데 막상 머릿속으로 그자의 얼굴을 그려 보려고 하니까 그릴 수가 없더군요. 공자님 말씀대로 모호했습니다."

"……."

잠시 침묵이 감돌았다.

그러자 곡수연이 끼어들었다.

"언니는 그자가 창귀일지도 모른다고 생각하고 계세요."

"정말입니까?"

"그자와 언니가 삼 초가량 싸웠는데 언니의 이기어검술을 창으로 받아 냈다고 했습니다."

단목환의 표정이 더욱 굳어졌다. 곽청비가 이기어검을 사용할 정도의 고수라는 것도 놀랄 일이었는데 긴 창으로 검각의 이기어검을 막아 냈다는 것은 더욱 놀라운 일이기 때문이었다.

그러자, 곡수연이 뭔가 생각이 난 듯 물었다.

"그런데 언니, 단목 공자님의 말을 듣자마자 나갔는데 누구를 찾아 나간 거야?"

이미 기를 놓쳤고 얼굴도 기억이 나지 않는다면서 갑자기 뛰쳐나갔다는 것은 무엇인가 짐작가는 것이 있었다는 의미가 아니겠는가……

곡수연의 질문에 곽청비는 답 없이 잠시 침묵했다.

검각과 천외천궁 간에는 서로 간에 언급을 하지 않기로 약속이 되어 있었다. 백리령하가 단목환을 보지 않고 그냥 나갔다는 것은 아직 천외천궁이 악양에 나타났다는 것을 알리고 싶지 않아서일 수도 있었다.

게다가 천외천궁의 공주인 백리령하가 관심을 보이고 있는 진무성이라는 남자에 대해 아직 아는 것이 아무것도 없는 상황에서 함부로 언급을 하는 것은 천외천궁에 대한 예의가 아니었기 때문이었다.

"제 생각에 우선 그 장원에 대해 조사를 해 보는 것이 어떨까 싶은데 검주님 생각은 어떠십니까?"

그녀가 답이 없자 단목환은 뭔가 있음을 눈치채고 그 문제에 대해서는 더 묻지 않은 채 다른 방식을 제안했다.

"저도 그 생각을 하긴 했습니다. 하지만 그자가 왜 모습을 드러내면서까지 제가 장원에 들어가지 못하도록 유인을 했는지를 몰라서 판단을 하기가 어렵네요."

그녀는 추측대로 진무성이 창귀가 맞다면 장원을 찾아가는 것이 현명한 판단은 아닐 수도 있다는 생각이 들었다.

"직접 안으로 들어가는 것은 그들의 정체도 모르는 상황에서 좀 무례할 수도 있지요. 그럼 감시라도 붙이는 것은 어떻겠습니까?"

"그게 괜찮겠네요. 창귀를 떠나 장원에 들어간 자들도 매우 수상한 자들이었으니까요. 단 감시자는 무공이 높고 감시에 경험이 많은 자를 고르셔야 할 겁니다."

"그렇게 하겠습니다. 그럼 장원이 어디에 있는지는 아십니까?"

그러자 곽청비의 아미가 좁아졌다.

사실 그녀는 장원에 언제든지 찾아갈 수 있다고 생각하고 있었다.

그런데 막상 장원이 어디에 있는지를 설명하려고 하니 자신이 쫓던 자가 도망을 칠 때 왜 그렇게 두서없이 도망을 쳤는지 알 수 있었다.

그녀도 쫓아갈 때 의아한 생각이 들었다. 원을 도는 것 같기도 했고 좌로 갔다 우로 갔다. 심지어 숨었다가 그녀가 지나친 후 거꾸로 도망을 친 적도 있었던 것이다.

"진짜 대단한 자네요. 제가 완전히 조롱을 당한 것 같아요."

 자존심 강한 그녀의 눈에 노기가 어렸다.

 그녀가 장원을 찾지 못 하게 하기 위해 그랬다는 것을 이제야 눈치챘다는 사실에 화가 난 것이다.

 "언니, 그럼 장원이 어디에 있는지 기억이 안 나세요?"

 "찾아갈 수는 있어. 다만 시간이 좀 걸릴 것 같구나."

 천하에서 가장 무서운 여인 중 한 명인 곽청비가 자신에게 화가 많이 났다는 것을 진무성은 알고 있을까……

* * *

 주루를 나온 후, 순식간에 그곳을 벗어난 진무성은 누구의 눈에도 띄지 않을 악양의 골목길을 걸어가고 있었다.

 '내가 너무 자신만만했어. 이렇게 강한 자들이 사방에서 나타나다니…….'

 십대고수와 맞먹을 정도로 강한 고윤을 상대한 덕에 다른 자들의 무공이 예상보다 약하다는 생각을 했던 그였다. 하나 지금은 백리령하부터 곡수연과 곽청비 그리고 단목환까지 자신과 비슷한 나이에 그렇게 많은 고수가 있다는 사실에 놀라고 있었다.

설화영이 그녀를 노리는 미지의 원수를 아직은 만나면 안 된다고 극구 말린 이유를 알 것 같았다.

게다가 정체불명의 세력이 머물고 있는 장원에 들어간 자들 역시 대단한 무공을 가지고 있음을 느끼고 있었다.

"계획을 변경해야 할까?"

이이제이(以夷伐夷).

적을 이용해 다른 적을 공격하게 해서 어부지리(漁父之利)를 얻는 병법은 성공만 하다면 최고의 병법이었다.

혈사련과 암흑무림이 큰 피해를 입는다 해도 그에게는 손해날 것이 없으니 상관은 없었다. 그러나 이왕이면 양쪽 다 큰 피해를 입는 결과가 더 좋은 것은 분명했다.

그들 간에 싸움은 붙이되 끼어들지 않겠다는 것이 그의 계획이었다.

하지만 혈사련과 암흑무림이 너무 쉽게 밀리는 상황이 온다면 자신이 좀 도와주어야 할지도 모른다는 생각이 들었다.

"참 곽청비라고 했지? 여인의 몸으로 그 나이에 이기어검을 쓰다니……."

여인이라고 이기어검을 사용하지 못한다는 법은 없었다. 하지만 검을 내공으로만 조종하기 위해서는 최소한 이갑자 이상의 내공이 필요했다. 심지어 근력이 약한 여인은 남자들보다 더 많은 내공을 사용해야 했다.

 그런 탓에 진무성의 입에서 감탄사가 나오는 것이기도 했다.

 천천히 걷던 진무성은 뭔가 마음에 안 드는 듯 고개를 흔들더니 그 자리에서 사라졌다.

 그를 쫓던 곽청비는 매우 집요했다. 그런 성격이라면 다시 장원으로 찾아갈 수도 있다는 것을 추측하는 것은 쉬웠다.

 그는 아무래도 장원에 가서 지키는 것이 좋겠다고 생각한 것이다.

 그리고 그의 판단은 정확했다.

* * *

 단목환과 곡수연까지 대동하고 장원을 찾아나선 곽청비의 표정은 매우 안 좋았다.

 생각보다 더 많이 왔다갔다 했는지 방향조차 감이 오지 않았기 때문이었다.

 더구나 악양은 그녀가 생전 처음 온 장소라 아는 것이 별로 없었다. 물론 지도로 지형을 어느 정도 숙지는 했지만 지도로 익힌 것과 실지 지형은 달라도 너무 달랐다.

"죄송해요. 생각 외로 찾기가 쉽지 않네요."

"괜찮습니다. 조금 시간은 걸리겠지만 검주님이시라면 곧 찾으실 겁니다."

그때 곽청비의 머리에 좋은 생각이 떠올랐다.

"여기서 악양포구까지는 얼마나 되나요?"

"신법을 사용하면 일이각이면 갈 수 있는 거리입니다. 왜 그러십니까?"

"이자를 추격하면서 온 길은 복잡했지만, 오히려 포구에서 장원으로 가는 길은 쉽게 찾을 수 있을 것 같습니다."

"그럼 저를 따라오십시오."

단박에 이해한 단목환이 몸을 날리자 곽청비와 곡수연도 그의 뒤를 따라 몸을 날렸다.

"아~ 이거 참! 단목 공자까지, 쯧!"

그리고 모두가 사라진 곳에 한 사람이 나타나더니 골치 아프다는 듯 혀를 찼다.

백리령하였다.

(창룡군림 7권에서 계속)

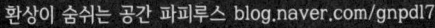

『백면야차는 죽어야 한다』

『바바리안』, 『망향무사』 성상현의 자신작!

『회생무사』

마교 부교주, 백면야차(白面夜叉)의 직속 수하이자
무림맹의 간자로서 활동했던 장평

토사구팽의 위기에서
회귀의 실마리를 잡게 되었지만

"모든 비밀은 마교 안에 있다."

다시 찾은 약관의 나이
진정한 의미의 새로운 삶을 찾아가기 위해서는
백면야차의 죽음만이 필요할 뿐이다.

**새로운 시대의 영웅이 될 장평
영웅한 삶을 추구하는 한 남자의 복수극이 시작된다!**

환상이 숨쉬는 공간 파피루스 blog.naver.com/gnpdl7

구사(龜沙) 대체역사 장편소설

서울역 세종대왕

과거와 미래를 오가는 세종대왕의 일대기!

『서울역 세종대왕』

"저승은 분명 아니고…… 혹시 선계?"

열병을 앓고 미래의 조선에 도착한 이도
신문물의 향연에 어리둥절해하던 것도 잠시

"허어, 오이도에 왜구가 나타난다고?"

예언서나 다름없는 조선왕조실록
미래의 물건을 가져오는 능력까지

과거를 뒤바꾸고 강대국의 초석을 쌓아라
전지전능 세종대왕의 위대한 치세가 시작된다!

환상이 숨쉬는 공간 파피루스 blog.naver.com/gnpdl7

샤이나크 현대판타지 장편소설

발어먹을 아이돌

닳고 닳아 버린 뮤지션, 한시온
그는 절망했다

[피지컬 앨범 2억 장 판매]
[미션에 실패했습니다. 회귀합니다.]

최고의 재능을 모아도, 그래미 위너가 되어도
언제나처럼, 열아홉 살 그때로

무한한 세월, 끝도 없는 회귀
질식하기 전에 도망쳐야 한다

**여태껏 하기 싫었던
K-POP 아이돌이 되어서라도
그렇게 또다시, 열아홉이 되었다**

환상이 숨쉬는 공간 파피루스 blog.naver.com/gnpdl7

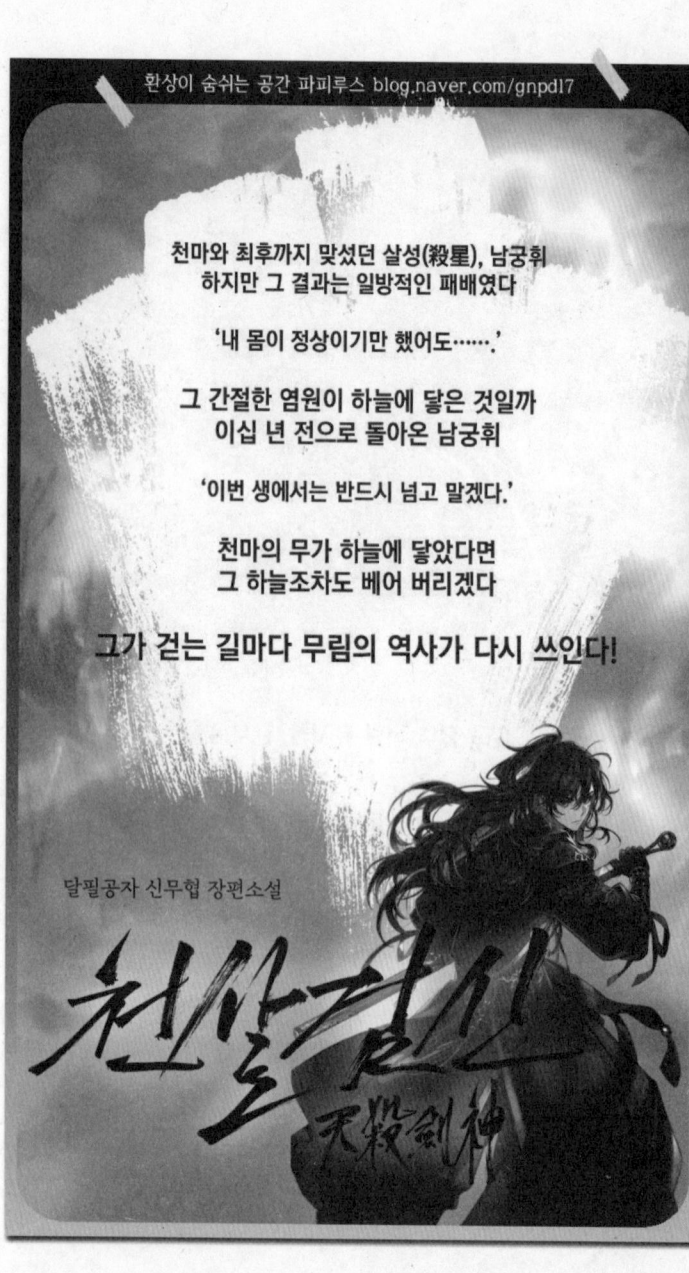

천마와 최후까지 맞섰던 살성(殺星), 남궁휘
하지만 그 결과는 일방적인 패배였다

'내 몸이 정상이기만 했어도…….'

그 간절한 염원이 하늘에 닿은 것일까
이십 년 전으로 돌아온 남궁휘

'이번 생에서는 반드시 넘고 말겠다.'

천마의 무가 하늘에 닿았다면
그 하늘조차도 베어 버리겠다

그가 걷는 길마다 무림의 역사가 다시 쓰인다!

달필공자 신무협 장편소설